若菜摘み

立場茶屋おりき

今井絵美子

時代小説文庫

角川春樹事務所

目次

秋ついり

「てめえ、このォすっとこどっこいが！　芋《いも》の子を洗うみてェに、お客さまの脚《あし》をそうごしごし擦《こす》るんじゃねえ。優《やさ》しく、そうっと、赤児《あかご》でも扱うみてェに拭《ふ》いて差し上げるんだ。なっ、爺《じ》っつァん、そうだよな？」

吾平《ごへい》が客役となった、善助《ぜんすけ》の顔を覗《のぞ》き込む。

善助は丸太に腰をかけ、目を糸のように細め、おう、おう、と頷《うなず》いた。

善助が軽い中気《ちゅうき》の発作《ほっさ》で倒れたのが、ひと月ほど前のこと……。

急遽《きゅうきょ》、助《すけ》っ人《と》として近江屋《おうみや》から立場茶屋《たてばぢゃや》おりきに鞍替《くらが》えとなった下足番《げそくばん》の吾平が、秋も深まる昼下がりの裏庭で、見習として新しく雇った末吉《すえきち》に、洗足盥《せんぞくだらい》の使い方を教えているのである。

「末よォ、おめえ、幾つになった？　十八だろうが！　全《まった》く、ついこの前《めえ》までここにいた、三吉《さんきち》の爪の垢《あか》でも煎《せん》じて飲ませてェくれェだ！　三吉はよ、十歳で善爺《ぜんじい》の下についたが、一を聞いて十を知るような賢《さと》い餓鬼《がき》でよ。おめえみてェに、手取り足取り教えなくても、瞬《またた》く間に、仕事を覚えたぜ。なっ、爺っつァんよ」

吾平に言われ、再び、善助が、おう、おう、と頷く。

善助が床上《とこあ》げをしたのは、一廻《ひとまわ》り（一週間）ほど前のことである。

誰もが些《いささ》か早いのではと思ったが、おりきは聞かなかった。

極力《きょくりょく》、日の高いうちは、善助を皆の近くに置きたいと言い張ったのである。

無論、現在《いま》の善助には下足番の仕事も出来なければ、食事や厠《かわや》に行くにも他人《ひと》の手を借りなければならなかったが、それでも、おりきは善助を一人で小屋に寝かせておくよりは、少しでも皆の近くに置き、人の輪に入れてやりたいと思ったのである。

吾平はおりきの気持を実によく理解してくれた。

末吉に仕事を教え込むにしても、吾平一人のほうがずっとやりやすいだろうに、嫌な顔ひとつ見せないで、こうして、善助に客の役を務めさせ、積極的に、爺っつァん、爺っつァん、と話しかけてやっているのである。

「まっ、洗足はそのくれェでいいだろう。が、湯加減《ゆかげん》には気を配れよ。熱すぎず、ぬるすぎず、季節によっても変わるからよ」

吾平が仕こなし顔で言うと、末吉が胡乱《うろん》な目を返した。

「熱すぎず、ぬるすぎずといっても、一体《いってえ》、何を基準に計《はか》ればいいのか……」

「この戯《たわ》けが！　基準なんぞありゃしねえ。てめえの肌で計るんだよ。手を湯に浸《ひた》して、心地のよい温度ってものがあるだろうが！」

末吉は吾平に鳴り立てられ、へっと首を竦《すく》めた。

「いいか、下足番の仕事というのは、洗足やお客さまの履物《はきもの》の管理だけじゃねえんだ。庭掃除、水汲《みずく》み、薪《まき》割り、使い走りと、方図《ほうず》がねえんだ。一つ事を終える前《めえ》に、次は何をすればいいのか解《わか》っているようでねえと、おめえみてェにトロトロしてたんじゃ、間尺《ましやく》に合やしねえ！　図体《ずうたい》ばかし大きくて、独活《うど》の大木なんてことにならねえように、もっと頭を使うんだな。解ったな？　じゃ、洗足盥を片づけてきな。次は、薪割りの要領を教えるからよ」

「へい……」

末吉が洗足盥を手に、井戸端へと駆けて行く。

すると、善助が吾平の印半纏《しるしばんてん》をこちょこちょとつついた。

吾平が驚いたように、振り返る。

善助は走り去る末吉を顎《あご》で指《さ》すと、首を振り、続いて、頭を下げた。

どうやら、末吉をあまり叱《しか》るなと言っているようである。

吾平が苦笑《にがわら》いをする。

「こりゃ、済まなかったな。爺っつァんに心配《しんぺえ》をかけちまってよ……。けどよ、あいつを選んだのは、この俺だろ？　口入屋《くちいれや》から来た他の三人より、頑丈《がんじょう》な身体《からだ》をしていたし、口下手《くちべた》だが、ひねたところがねえのが気に入ったんだが、何をやらせても、こう仕事が遅くっちゃよ……。まっ、じっくり時をかけて仕込めばいいんだろうが、俺も爺っつァんじゃねえが、歳《とし》だからよ。いつ、どうなるものやら……。なんとか、俺が現役《げんえき》でいるうちに、奴を一人前《いちにんめえ》にしてェと思ってよ。へへっ、いけねえや、つい、焦《あせ》っちまってよ」

「吾平……。すま……、済まねえ……」

善助が胸前で手を合わせる。

「止《よ》しとくれや！　爺っつァんに謝られる筋合いはねえんだからよ。本当のことをいうと、俺《おり》ャ、嬉《うれ》しくってよ。三十年この方、近江屋の世話になってきたが、料理旅籠《りょうりはたご》としては、立場茶屋おりきのほうが格上だからよ。なんせ、客筋が違う！　それに、気扱《きあつかい》のある女将《おかみ》さんを中心に、ここの使用人は和気《わき》藹々《あいあい》としてるだろ？　俺ャ、今まで爺っつァんのことを羨《うらや》ましく思っていたのよ。いや、誤解してもらっちゃ困るぜ。決して、近江屋が悪いと言ってるわけじゃねえんだ。近江屋の旦那も出来たお方だし、門前町《もんぜんちょう》じゃ、なんといっても老舗《しにせ》だからよ。だが、おりきに比べれば、所帯が大きいだけに、もう一つ……。それでよ、俺にゃ、生涯《しょうげえ》、縁のねえ場所なんだろうなと指を銜《くわ》えていたところ、近江屋の旦那が爺っつァんの代わりにどうかと声をかけて下さってよ。爺っつァんにゃ悪いが、俺ャ、ぼた餅《もち》で叩かれたような、そんな想《おも》いでよ。そんな理由《わけ》だ。感謝してるんだぜ。だからよ、俺ャ、立場茶屋おりきや爺っつァんに恩を返《けえ》す意味でも、なんとか、あいつを一人前《いちにんめえ》の下足番に仕込むつもりだ。爺っつァんも手を貸してくれよな？　爺っつァんと俺と二人して、末吉を仕込むんだ。そのためにも、爺っつァんにはなんとしても元気になってもらわなきゃな。そう、そう、その笑顔！　おっ、寒くねえか？　褞袍《どてら》を持って来てやろうか？」

吾平が善助の顔を覗き込む。

そこに、茶屋の通路を抜けて、亀蔵《かめぞう》親分がやって来た。

亀蔵はそのまま旅籠の入り口に入ろうとしたが、善助の姿を目の端《はし》に捉《とら》え、裏庭へと廻《まわ》って来る。

「おう、どうしてェ……。爺っつァん、元気そうじゃねえか」

亀蔵はそう言うと、吾平にちょいと会釈《えしやく》してみせた。

「おめえもすっかり立場茶屋おりきに慣れたようだな。どうでェ、若ェ《わけ》のも少しは遣《つか》えるようになったかな？」

「へえ……、それが……」

「なんでェ、その歯切れの悪《わり》ィ言い方は……。まっ、まだ、ひと月だ。永《なげ》ェ目で見てやるこった。焦ることはねえ。何しろ、この道何十年という、すこくろ（すこぶる玄《くろ》人《うと》）がついているんだ。俺たちゃ、大船に乗った気持でいるんだからよ。おっ、そう言ャ、今し方、近江屋の前を通って来たんだがよ、お登世《とせ》の奴、また帰《けえ》って来ているのかよ」

えっと、吾平は近江屋のある方向に目をやった。

「いえ、あっしは知りやせんが……」

「そうけえ。おめえが知らねえということは、お登世が帰《けえ》って来たのは、最近のことなんだな」

「親分、本当に、お登世さんで？　ええ、そりゃ、先《せん》には、ちょくちょく里帰りをなさっていましたよ。けど、赤児《やや》が生まれてからと言うもの、姑《しゅうとめ》との折り合いも甘《うま》くいっているようで……」

吾平が訝《いぶか》しそうな顔をする。

「じゃ、俺の見間違《みまちげ》ェだとでもいうのかい？　天骨《てんこち》もねえ！　俺ャ、他人《ひと》の顔の区別も出来ねえほど、まだ焼廻《やきまわ》っちゃいねえからよ。うさァねえ、あれは、近江屋の下の娘、お登世だった……。それが証拠に、お登世の奴、玄関先から表に出ようとして、俺と鉢合《はちあ》わせになりかけたもんだから、途端に、挙措《きょそ》を失っちまってよ。奥へと引っ込んじまった……。ありゃ、明らかに、見られたくねえところを見られたって感じだったぜ」

亀蔵は憮然《ぶぜん》としたように、唇をひん曲げた。

「では、やはり、お嬢《じょう》さまなんでしょうか……」

「ヘン、三十路《みそじ》近くになって、何がお嬢さまでェ！　まっ、いいや、で、女将はいるかな？」

亀蔵が善助の肩をぽんと叩き、旅籠へと歩いて行く。

茫然《ぼうぜん》と、吾平はその後《うし》ろ姿を目で追った。

登世お嬢さまが里帰りをしているということは、また、婚家先で何かあったのだろうか……。

吾平の胸が、重苦しいもので包まれていく。

お登世は近江屋忠助《ただすけ》の次女である。

確か、この年、二十九歳になるが、吾平には掛け替えのない存在といってもよいだろう。

というのも、吾平が近江屋に入った年にお登世が生まれ、当時は近江屋も現在《いま》ほど所帯が大きくなかったこともあり、人手《ひとで》が足りなくなると、下足番であろうが、奥向きの用に駆り出されていた。

お登世は一つ年上の姉のお登紀《とき》に比べて、幼い頃から男勝り《おとこまさ》で、また人懐《ひとなつ》っこくもあり、じゃじゃ馬といってもよいだろう。

従って、お登世は子守や女中と一緒にいるよりも、板場衆《いたばし》や下足番といるほうを好んだので、吾平も仕事の合間を縫《ぬ》っては、お登世の遊び相手となっていた。

「吾平はいいね。お登世を邪魔《じゃま》にしないもの……。けど、板場衆はあんまし好きじゃない！　だって、お登世が板場に入って行くと、危ないから入っちゃ駄目だ、奥で遊んでろって追い払うんだもん！　それで、奥に入ると、今度は、女中たちが邪魔だから表で遊んどいでって……。だから、お登世は吾平が好き！」

そう言い、お登世は金魚の糞《ふん》のように、吾平の後について歩いた。

が、吾平とて、そうそうお登世にかまけていたのでは、仕事にならない。

それで、吾平とお登世の間で、取り決めをしたのである。

「何刻《なんどき》から何刻は下足番の仕事だが、ここところに四半刻《しはんとき》（三十分）ばかり暇が取れるから、そこで思い切り遊ぶことにしよう。いいね、吾平が仕事をしている間は、お嬢さんは手習《てならい》やお稽古事《けいこごと》をするんだよ、約束を守れるね？」

子供というのは、大人との間に取り決めがあるということだけで、それでもう、満足なのである。

次第に、吾平はお登世が愛《いと》しくて堪《たま》らなくなった。

そうして、お登世が女児から少女へ、少女から娘へと成長していく姿を、我が娘を見るように見守ってきたのである。

お登世に縁談が持ち上がったのは、二十一歳のときである。

相手は深川海辺大工町《うみべだいくちょう》の紺屋《こうや》藍一《あいいち》の一人息子だというのであるから、不足はなかった。

藍一は紺屋の中でも老舗中の老舗だし、近江屋も姉のお登紀に婿《むこ》を取ったばかりのときだったので、誰が考えても、良縁であった。

近江屋忠助は手放しで悦《よろこ》び、話はとんとん拍子に進んだが、吾平は当のお登世があまり気乗りがしていない様子に、引っかかった。

だが、近江屋が姉夫婦の代に替わろうとしているとき、お登世も居辛《いづら》かったのであろう、その年の春、渋々、藍一に嫁《とつ》いで行った。

ところが、半年もしないうちに、お登世が出戻って来てしまったのである。

藍一で何があったのか、下足番の吾平には知る由《よし》もない。

お登世は嫁いでからというもの、すっかり人が変わってしまい、以前のように、気軽に声をかけてくることもなく、吾平一人が気を揉《も》むばかりであった。

が、二、三日もすると、慌てたように亭主が迎えに来て、お登世は藍一へ帰って行った。

つがもねえ（馬鹿馬鹿しい）！　ただの夫婦喧嘩《めおとげんか》だったのだ……。

吾平は危惧《きぐ》したことが莫迦《ばか》らしくなり、やれ、と太息《ふといき》を吐《つ》いた。

ところが、それからも、お登世の出戻りは続いたのである。

それも半年、夫婦仲が続くのはまだよいほうで、三月《みつき》もしないうちに飛び出して来るのである。

どうやら、夫婦仲というよりは、姑と反《そ》りが合わないらしいと知ったのは、板場衆が目引き袖《そで》引き、そんなことを噂《うわさ》していたからである。

が、二年前、女児を産《う》んでからというもの、赤児の顔を見せに一度里帰りしただけで、以来、ぴたりとお登世の出戻りは修《おさ》まった。

それなのに、また……。

吾平はつと頭を過《よ》ぎった不安を振り払うと、独《ひと》りごちた。

いんやのっ、お嬢さんは旦那に孫の顔を見せに戻りなさっただけや……。

それに、違《ちげ》ェねえ！


「入《へえ》るぜ！」

亀蔵は帳場の障子《しょうじ》を開きかけ、あっと手を止めた。

先客がいたのである。

「済まねえ……。出直そうか？」

亀蔵がばつの悪そうな顔をして、芥子粒《けしつぶ》のような目をしわしわとさせる。

「いえ、構いませんのよ。さあ、どうぞ。丁度宜《よろ》しかったわ、親分に紹介したい方がいらっしゃいますの」

おりきがふわりとした笑《え》みを寄越《よこ》す。

すると、丸髷《まるまげ》を結った女が振り返った。

「おっ、おめえさんは……」

亀蔵が目を白黒させながら帳場に入ると、女は深々と頭を下げた。

「ここで親分にお目にかかれるとは……。高城貞乃《たかぎさだの》にございます。その節はお世話になりました。お陰さまで、伯父《おじ》に再会することが出来ました」

「おっ、するてェと、おめえさんが捜《さが》していたのは、やはり、南本宿《みなみほんじゅく》の素庵《そあん》さまだったというのだな？」

亀蔵は長火鉢の傍《そば》まで寄って来ると、どかりと胡座《あぐら》をかいた。

「まあ、お二人は顔見知りだったのですか！」

おりきが驚いたように目を瞠《みは》ると、貞乃がくすりと肩を揺《ゆ》らした。

「わたくし、現在《いま》、伯父が内藤《ないとう》素庵と名乗っていることも、品川本宿が北と南に分かれていることも知らずに、北本宿ばかりを捜していましたので、親分にお目にかからなければ、未《いま》だに伯父を捜し当てることが出来なかったかもしれませんの」

「俺ャ、おめえさんが行合橋《ゆきあいばし》で途方《とほう》に暮れているのを見てよ、声をかけたものかどうかと迷ったんだが……。そうけえ、じゃ、松木虎次郎《まつきとらじろう》というのが、素庵さまのことだったんだな？」

「ええ……。わたくし、伯父が改名したとは知らなかったものですから……。何しろ、伯父とは二十年近く逢《あ》っていませんでしたので、伯父に逢えたとしても、果たして、わたくしのことを憶《おぼ》えていてくれるかどうか、自信がありませんでした。それより何より、伯父を捜し出せなかったら、この先どうしたものかと思い倦《あぐ》ねていましたものですから、親分に出逢うことが出来、本当に助かりました。というのも、親分は嘗《かつ》て伯父が長崎で医術の修業をしたことがあるという、たったそれだけの手掛かりで、もしかすると、南本宿で本道《ほんどう》（内科）を開業する素庵さまかもしれないと推測して下さったのですものね」

「なに、それだって、確信があったわけじゃねえんだ。何しろ、苗字《みょうじ》ばかりか、名前《なめえ》までが違うのだからよ……。で、そのことなんだが、素庵さまが医師になって、名前を虎次郎から素庵に変えたのは解るが、何ゆえ、苗字が松木から内藤へ？」

亀蔵がおりきの淹《い》れた茶をぐびりと呷《あお》り、怪訝《けげん》そうに貞乃を見る。

「わたくしも知らなかったのですが、伯父を長崎に遊学させ、医術の道で身を立てるようにと後ろ盾《だて》となって下さったのが、備前《びぜん》で藩医をなさっていた内藤洪庵《こうあん》さまだそうで、伯父は三年の遊学の後、備前に戻り、洪庵さまのご息女と祝言《しゅうげん》を挙《あ》げたそうですの」

「その方が、現在《いま》のお内儀、房江《ふさえ》さまですのね？」

おりきが訊《たず》ねると、貞乃は、いえ、と首を振った。

「現在《いま》のお内儀は後添《のちぞ》いだそうです。先妻の珠恵《たまえ》さまは初産《ういざん》の折、お子共々生命《いのち》を落とされ、伯父は随分永《なが》いこと独り身を通していたそうですが、洪庵さまの死後、藩主の出府《しゅっぷ》に伴《ともな》い江戸に出たのを機に、そのまま江戸に残って開業することになり、房江さまとは江戸で祝言を挙げられたそうですの」

「まあ、そうだったのですか……。素庵さまとは長い付き合いだというのに、わたくしたちは何も知りませんでした。ねえ、親分、そうですわね？」

亀蔵が慌てたように相槌《あいづち》を打つ。

「ああ、俺たちゃ、素庵さまが南本宿で開業してからのことしか知らねえからよ。だが、おめえさんと素庵さまの関係は？　それより何より、一体《いってえ》、女将とおめえさんの関係はどうなっている……。俺にゃ、解《げ》せねえことだらけだぜ」

「親分、そうせっつくものではありませんことよ。それより、小腹《こばら》が空《す》きませんこと？　おうめが小中飯《こじゅうはん》（おやつ）に善哉《ぜんざい》を作ると言っていましたので、お持ちしましようね」

「おっ、そいつァいいや！　馳走《ごち》になるとしようか。丁度、空腹《からはら》になったところでよ」

「この間、新しく入った下足番見習の末吉に、亥《い》の子餅《こもち》を搗《つ》かせたのですが、あの子、体力が有り余っているものですから、些か、搗きすぎましてね。お陰で、昨日は季節外れの雑煮《ぞうに》をいただきましたし、今日は善哉……」

おりきが笑いながら、板場へと出て行く。

「なんと、末吉さまさまじゃねえか！　大男、総身《そうみ》に知恵の回りかねというが、こういうことなら、俺ャ、いつでも大歓迎だぜ！」

「まあ、親分たら……」

貞乃が呆《あき》れたような顔をする。

「へへっ、冗談だよ！　それでだ、おめえさん、女将とどこで知り合った？」

改まったように、亀蔵が訊《き》く。

「昨日、女将さんが伯父を訪ねてみえましてね。なんでも、下足番をなさっていた方の薬料《やくりょう》をお払いになるとかで……」

「おう、善爺のな。で、それで？」

亀蔵が身を乗り出す。

そこに、おりきが戻って来て、後を続けた。

「そうなのですのよ。素庵さまから姪《めい》を引き合わせたいと言われましてね。なんでも、貞乃さまは素庵さまの妹御《いもうとご》の娘だとか……。松木家から高城家に嫁がれ、それで、貞乃さまがお生まれになったそうですの」

おりきが、ねえ？　と貞乃に目まじする。

「はい。元々、松木家は備中《びっちゅう》藩士の家柄でしたが、伯父の父、つまり、わたくしの祖父の代から浪々の身となり、それで、伯父は医術を志したのです。わたくしの母は縁あって備後《びんご》の高城家に嫁ぎましたが、わたくしが伯父に逢ったのが、八歳のとき……。長崎に行く途中、訪ねて下さったのです。ですから、伯父に逢ったのはそのときだけで、子供のときの顔しか知らない伯父が、果たして、わたくしを憶えていてくれるかどうか、不安でしたの。けれども、その後、高城の家も父が他界して浪々の身となり、母も長患《ながわずら》いの末、三月《みつき》前に亡くなりました。その母が今際《いまわ》の際《きわ》に言ったのが、おまえは天涯孤独《てんがいこどく》の身ではない、伯父上が江戸の品川本宿というところで医師を開業しているので、そこを訪ねて行くように、という言葉でした。それで、四十九日を済ませた後、僅《わず》かばかり残った家財道具を処分して、路銀《ろぎん》の足しにして江戸に出ましたが、品川本宿に辿《たど》り着いたところで、路銀も尽きました。ですから、南北境界線の傍示杭《ほうじくい》に佇《たたず》み、これからどうしたものかと考えていたのです。伯父のいる場所が北か南かも判《わか》らなければ、どなたに訊いても、松木虎次郎という医師など聞いたこともないと答えるばかりで……」

貞乃はそう言うと、ふうと肩息《かたいき》を吐いた。

「そこに通りすがったのが、この俺さまってわけだ……。じゃ、おめえさん、この俺に逢わなかったら、路銀も尽き果て、路頭《ろとう》に迷うところだったというんだな」

亀蔵が小鼻をぷくりと膨《ふく》らませる。

これは、得意満面《とくいまんめん》なときに見せる、亀蔵の癖《くせ》である。

「やはり、貞乃さまは徳を持っておいでなのですよ。親分に行合橋で逢えたのも、何かの縁……。それに、このわたくしにも逢えましたものね」

おりきはそう言うと、仕こなし振りに、ねえ、と貞乃に笑みを送った。

「おっ、一体《いってえ》、なんでェ、その顔は……。なんかあるのかよ!」

ふふっと、おりきが肩を竦める。

「内緒《ないしょ》と言いたいとこですが、話しちゃいましょうね。実は、素庵さまから貞乃さまに何か生き甲斐《がい》となるものを見つけてやることは出来ないものだろうかと相談されましてね。無論、治療院を手伝うことも考えられたのですが、素庵さまのところでは現在代脈《だいみゃく》(見習)や奉公人が足りているとのことで、そうかといって、勝手方ではねえ……。それで、わたくし、閃《ひらめ》きましてね、貞乃さまにお子は好きですか、と訊ねましたの。ほら、うちの子供部屋……。現在《いま》は、おきちがおいねやみずきちゃんに簡単な手習を教えていますが、おきちも如月《きさらぎ》さまに教わったきりで、そろそろ本格的に、学問だけではなく、裁縫《さいほう》や作法なども教えなければなりませんからね。わたくしに暇があれば出来るのですが、現在《いま》でも筒一杯《つついっぱい》とあっては、それも叶《かな》いません。それで、どなたか良い方はいらっしゃらないものかと考えていた矢先だったので、思い切って、訊ねてみましたのよ。そうしたら、貞乃さまもその気になって下さいましてね」

「ほう、そいつァいいや！　ということァ、うちのみずきも教えてもらえるってことなんだな？　よし、解った。月並銭《つきなみせん》（月謝）をうんと弾《はず》もうじゃねえか！」

亀蔵が相好《そうごう》を崩し、ぽんと膝《ひざ》を叩く。

「あら、月並銭だなんて、そんな……」

貞乃が慌てると、おりきも続けた。

「手習やお稽古事のお師《し》さんとなるのですもの、堂々と胸を張って、謝礼をお受け取りになればいいのですよ」

「そうだぜ。おめえさん、素庵さまの家に寄寓《きぐう》して、食うには困らねえとしてもだよ。てめえの自由になる金が必要だろ？　そう、何から何まで、素庵さまを頼るわけにはいかねえからよ。てめえの食い扶持《ぶち》くれェはてめえで稼いでみな？　大きな顔をして、素庵さまの家にいられるんだ。なっ、女将、そうだよな？」

亀蔵がおりきを窺《うかが》う。

「ええ、そうですわ。貞乃さまの将来のためにも蓄《たくわ》えは必要でしょうし、わたくしね、同じことなら、うちの子供たちだけでなく、門前町の子供たちにも声をかけてみようと思っているのですよ」

「おう、それがいい。俺もあちこちに声をかけることにするからよ。おっ、良かったじゃねえか！　これでもう、おめえさんもすっかり品川宿の住人でェ」

亀蔵が満足そうに、また、小鼻をぷくりと膨らませる。

と、そこに、おうめが善哉を運んで来た。

「お待たせしました」

「おう、待ったぜ、待ったぜ、腹の皮が背中にくっつきそうでェ！」

亀蔵のひょうらかしに、おうめが頬《ほお》を弛《ゆる》める。

「そのくらい空腹になっているほうが、美味《おい》しさも倍増するってもんでしてね。親分のために、格別念入りに煮込んでおきましたよ」

「流石《さすが》は、おうめだぜ。塩昆布《しおこぶ》に、なんと、べったら（浸《づ》け）までつけてくれてるじゃねえか！」

亀蔵は燥《はしや》いだように言うと、餅を頬張り、熱《あち》ィ！　と眉根《まゆね》を寄せた。

おりきと貞乃は顔を見合わせ、くすりと肩を揺らした。

　貞乃が帰ると、改まったように、亀蔵がおりきを見た。

　どうやら、その心ありげな顔つきからして、何か腹に含むところでもあるようである。

　おりきは焙《ほう》じ茶を淹れながら、えっと亀蔵に目で問うた。

「それがよォ……、俺の思い過ごしならいいんだが、なんだか、やけに引っかかってよ」

「嫌ですわ、親分！　勿体《もったい》ぶらないで、何かあるのなら、はっきりと、おっしゃって下さいませ」

　おりきは猫板《ねこいた》の上に湯呑《ゆのみ》を置くと、亀蔵に目を据《す》えた。

「いや、ここんちのことじゃねえんだ。実はよ、近江屋のお登世のことなんだが、あいつ、また出戻って来てやがってよ。おめえさん、知っていたかえ？」

「いいえ、知りませんわ。お登世さんが帰って来ているって、いつ帰って来たのでしょうか」

「さあ、そいつァ分からねえが、だが、あれは確かにお登世だった……」

亀蔵はそう言い、表に出ようとしたお登世が亀蔵と鉢合わせになりそうになり、慌てて、奥に逃げ帰ったのだと説明した。

「なっ、妙だろう？　孫の顔を見せに里帰りをしただけなら、俺の顔を見て、慌てて引っ込むこたァねえだろ？　あれは、どう見ても、見られたくないところを見つかったという素振りだったぜ」

「親分の顔を見て、逃げただなんて……。気のせいですよ。それに、近江屋さんからは、お登世も子供が生まれてからというもの、すっかり親らしくなり、夫婦円満に暮らしているようだ、と聞いていますわよ。ですから、親分の顔を見て逃げたのではなく、表に出ようとしたけれども、突然何かを思い出して、それで、奥に引っ込んだとは考えられないでしょうか」

「そうだとしてもだぜ、普通、会釈のひとつくれェするだろ？　お登世は姉のお登紀と違って、気さくな娘でよ。これまでは、俺の顔を見ると、通りの向こうからでも、親分！　と声をかけてきたからよ」

亀蔵が懐手《ふところで》に首を傾《かし》げる。

次第に、おりきの胸も重苦しいもので塞《ふさ》がれてきた。

言われてみれば、確かに、そうなのである。

近江屋にいた頃のお登世は、思ったことはなんでもはっきりと口にする、屈託《くったく》のない娘だった。

姉と違い、家にいるより外にいるほうを好み、ちょくちょく立場茶屋おりきにも遊びに来ていたのである。

思うに、お登世はおりきに憧《あこが》れていたのかもしれない。

「あたし、おりきさんのようになりたいんだ。ううん、おりきさんが滅法界《めっぽうかい》な品者《しなもの》(美人)で、立場茶屋おりきの女将だから言うのじゃないのよ。そうではなくて、おりきさんて、凛《りん》としたところがあるでしょう? おとっつァんから聞いたんだけど、柔術《じゅうじゅつ》の腕は男顔負けなんですってね。旅籠に殴り込みをかけたごろん坊を、エイ、ヤッ、と投げつけたとか、茶屋で暴れた男の腕を捻《ひね》り上げたとか、武勇伝《ぶゆうでん》を数えたら、きりがないって……。いいなあ! あたしもそういう女になりたいの。決して、男に無礼《なめ》られないような女《おな》ごに……。そうだ、あたしにも柔術の手解《てほど》きをしてもらえないかしら? おとっつァんは女ごの幸せは、良き伴侶《はんりよ》を見つけて家庭に入ることだというけど、あたしはそうは思わない。男に頼らなくても、自活していけるような、そんな女でありたいの」

お登世はおりきに逢う度《たび》に、そう言っていた。

が、どこまで本気で言っていたのか、そこまでは解らない。

というのも、自活はともかくとして、護身《ごしん》のためにも、おりきが当身《あてみ》くらいは教えてもいいかなと思っていたところ、結句、一度も教えを請《こ》おうとしなかったからである。

お登世は忠助に勧《すす》められるまま、二十一歳で嫁いでいった。が、おりきはそれでよいと思っていた。

忠助が言うように、女ごの幸せはよき伴侶に巡《めぐ》り会えること……。全く以《もっ》て、それに違いない。

お登世が納得したのであれば、それほど幸せなことはないのである。

ところが、そう思ったのも束《つか》の間《ま》……。

お登世は半年もしないうちに婚家先を逃げ出し、亭主が迎えに来て縒《よ》りを戻しては、さして時を置かずに、再び、逃げ帰るの繰り返しばかり……。

が、そんなときでも、お登世は気が向けば立場茶屋おりきに顔を出し、へへっ、また戻って来ちゃった……、と照れたように笑っていたのである。

ところが、娘を産んでからのお登世は、確かに、変わった。

産後間なしに忠助に孫の顔を見せに戻っただけで、以来、ぴたりと門前町に脚を向けなくなっていたのである。

「そう言えば、そうですよね。これまでのお登世さんなら、何があろうとも、気軽に声をかけてきていましたものね」

おりきがそう言うと、亀蔵が待ってましたとばかりに、身を乗り出す。

「だろう？　こりゃ、俺の勘《かん》だがよ、きっと、何か理由《わけ》がある」

「理由って……」

「さあて、そこまでは……。だからよ、おめえさんに探《さぐ》ってほしいのよ」

「探るって、まさか……。嫌ですよ、そんなこと！」

「けどよ、俺が探るったって、岡っ引きの俺が探ったんじゃ、角《かど》が立つだろ？　その点、おめえさんなら、格別、近江屋の旦那と懇意《こんい》にしているし、お登世にも慕《した》われているからよ。いや、これが、ただの夫婦喧嘩だというのなら、俺も差出《さしで》しようとは思わねえ……。けどよ、臭《にお》うんだよ。永年《ながねん》の勘というか、なんだか胸騒《むなさわ》ぎがしてならねえのよ」

「…………」

おりきには返す言葉がなかった。

確かに、此度《こたび》のお登世の里帰りには、引っかかりを覚える。

が、だからといって、忠助かお登世に相談されたというのならともかく、知り面《づら》に差出口《さしでぐち》を挟《はさ》むようなことをしてよいものだろうか……。

すると、そのとき、障子の外から声がかかった。

「女将さん、宜しいでしょうか」

大番頭の達吉《たつきち》の声である。

「構いませんよ。お入り」

が、達吉はほんの少し障子を開けただけで、中を覗き込み、目まじした。

「どうしました？」

「へい、それが……」

達吉が亀蔵の背中を見て、口籠《くちご》もる。

どうやら、外に出てくれということらしい。

「申し訳ありません。少しばかり、席を外させていただきますわね」

おりきは亀蔵に断ると、板場脇へと出て行った。

「どうしたというのです？」

「それが、今し方、近江屋の旦那がお見えになったのですが、高輪《たかなわ》の親分がおいでだと吾平が告げたものですから、お帰りになりやして……。何やら、女将さんに相談があるとかで、手《て》隙《すき》のときでよいから、近江屋までご足労《そくろう》願えないかと、そうお言いになりやしてね」

達吉が声を圧《お》し殺し、おりきの耳許《みみもと》で囁《ささや》く。

おりきの胸がきやりと揺れた。

やはり、何かあるのである。

「解りました。このことは、おまえと吾平の他には……」

達吉は慌てて首を振った。

「では、巳之吉《みのきち》と夕餉膳《ゆうげぜん》の打ち合わせが終わり次第、参りましょう。どのような話なのかは先様《さきさま》に行ってみなければ判《わか》りませんが、仮に、泊まり客がお見えになる時刻までに帰れないようなら、大番頭さんに委《まか》せましたよ。極力、そういうことにはならないように努《つと》めますが……」

「解りやした」

達吉が仕こなし顔に頷く。

帳場に戻ると、亀蔵が提《さ》げの煙草《タバコ》入れを帯に挟み、帰り仕度をしているところだった。

「申し訳ありませんでした。板場のことで、ちょいと相談を受けたものですから……」

「おめえも忙しいな、次から次へと……。女将の仕事にゃ切れ目がねえもんな。が、そういう俺も、いつまでも油を売ってる場合じゃなかったんだ。馳走《ごち》になったな！　じゃ、近江屋のこたァ、頼んだぜ」

亀蔵が立ち上がる。

「わたくしに出来ることがありますかどうか……。何事も思い過ごしであってくれるようにと、祈るばかりです」

「まっ、杞憂《きゆう》に終わってくれりゃ、それに越したことはねえからよ。じゃ、また来らァ！」

そう言い、亀蔵は帰って行った。

椀《わん》や湯呑を片づけていると、おりきの胸が突然ぎりりと軋《きし》んだ。

やはり、近江屋から呼び出しを受けたことを、親分に告げたほうがよかったのかしら……。

だが、そんなことをすれば、近江屋を裏切ることになる。

亀蔵が来ていると聞き、近江屋忠助が慌てて引き返したということは、聞かれたくない話だったからに違いない。

それが何か解るまでは、やはり、軽率《けいそつ》に動くわけにはいかないだろう。

とにかく、近江屋の話を聞くのが先決で、それを親分に報告するかどうかは、そのときの判断で決めればよい。

けれども、仮に、そのことが近江屋か親分のどちらかを裏切ることになってしまったら……。

おりきの胸は千々《ちぢ》に乱れた。

再び、胸がぎりりと痛む。

「女将さん、巳之吉でやす。入《へえ》っても宜しいでしょうか」

板場のほうから声がかかった。

「お入り」

障子がするりと開き、巳之吉に続き、達吉も入って来る。

「献立は決まりましたか?」

おりきが訊ねると、巳之吉が、へい、と懐《ふところ》からお品書《しながき》を取り出す。

一の膳《ぜん》

汲上湯葉《くみあげゆば》の雲丹《うに》載せ

箸染《はしぞ》め　鶉《うずら》蠟焼《ろうやき》

粉吹銀杏《こふきぎんなん》

椀　百合根《ゆりね》すり流し

酢物　赤貝、分葱《わけぎ》、独活の饅《ぬた》

二の膳

向付《むこうづけ》　鯛《たい》、甘鯛《あまだい》、車海老《くるまえび》の造り、岩茸《いわだけ》、穂紫蘇《ほじそ》

預鉢《あずけばち》　のどぐろの煮付、蕪《かぶ》、独活添《ぞ》え

椀　白味噌仕立蓮餅《しろみそじたてはすもち》

三の膳

飯　小芋《こいも》炊き込みご飯
香の物　茄子《なす》、瓜《うり》の糠漬《ぬかづけ》、沢庵《たくあん》、小梅《こうめ》
留椀《とめわん》　とき卵味噌仕立蜆汁《しじみじる》
水物《みずもの》　柿

別膳《べつぜん》　落鮎焼《おちあゆやき》

「この別膳とは、なんですか？」

おりきが訝しそうに目を上げる。

「へい、桑名《くわな》の結城屋《ゆうきや》さん、大坂《おおざか》の塙屋《はなわや》さんはどちらも三人連れでやす。今日の鮎は滅法界小ぶりなので、銘々皿《めいめいざら》に載せたのでは些か見栄《みば》えがしやせん。それで、一計《いっけい》を案じたのでやすが、いっそ、二人前や三人前の場合は、焼鮎を大ぶりの皿にひとまとめに載せ、それを入れ子のお重《じゅう》に収めて、周囲《まわり》を笹《ささ》の葉で囲んでみてはどうかと……」

余程、自信があるのであろう、巳之吉が味噌気《みそけ》な顔をする。

「それを、食べる直前に銘々の皿に取り分けるのですね。本当ですこと！　入れ子の朱に、笹の葉の緑……。さぞや、小ぶりの鮎も栄えるでしょうよ。で、この粉吹銀杏とは？」

これまで、大概、巳之吉は煎《い》り焼きにするか油に潜《くぐ》らせ、銀杏の持つ翡翠色《ひすいいろ》を際立《きわだ》たせてきた。

「へい、たまには変わった趣向《しゅこう》もよいかと……。それは、薄皮《うすかわ》を剝《む》いた銀杏を酒煎《さかい》りにし、塩をまぶして、熱いうちに米粉の上に転がしたものでやす。ただ、少し迷っているのは、保存食にと松茸《まったけ》を辛煮《からに》にして取っているのですが、それを汲上湯葉の雲丹載せのところに持っていくかどうかと……」

「では、汲上湯葉のところに辛煮にした松茸を持っていくとして、雲丹はどうするつもりですか？」

「向付の造りに加えやす。鯛と甘鯛のところを、鯛と雲丹にして、甘鯛は明日の焼物に廻してても構いやせん……」

巳之吉がそう言うと、おりきがあっと挙措を失い、留帳《とめちょう》をぱらぱらと捲《めく》った。

そして、手を止めると、眉根を寄せる。

「ああ、やはり……。わたくしとしたことが、とんだ失態を冒《おか》すところでした。塙屋さまのお連れの中に、此度も、お内儀がいらっしゃいます。先にお越しになったとき、あの方が生魚《なまざかな》を召し上がらなかったことを、すっかり忘れてしまっていました。早く気がついて、助かりましたわ。巳之吉、向付の造りの代わりに、甘鯛で何か作って差し上げて下さいな」

「解りやした。甘鯛を焼物にするとして、落鮎と重なっては拙《まず》いので、今から、粕漬《かすづけ》にしておきやす。お越しになり、夕餉膳に向かう頃には、塩梅《あんばい》よく、漬かっているでやしょう」

「なんと、早めに気づいて、ようございましたな。これも、巳之吉が雲丹載せと松茸の辛煮を取っ替えようかと言い出したお陰ですぜ。全く、何が幸いするか分からねえものでやすね」

達吉が感に堪《た》えないといった顔をする。

「では、今宵の夕餉膳はこれで決まりで宜しいわね？」

おりきが微笑《ほほえ》む。

が、巳之吉はまだ何か言いたげである。

「どうかしましたか？」

「へい。実は、倉惣《くらそう》の寮で出張料理をやらせてもらったときに感じたのでやすが、料理というものは、器《うつわ》や盛りつけでこうも変わるものかと、目から鱗《うろこ》が落ちたような気がしやした。旅籠の泊まり客の夕餉膳は、月見とか特別な場合以外は、三膳からなる本膳となっていやすが、それだと、焼物皿以外は殆《ほとん》どが塗物椀《ぬりものわん》で、更に料理を活《い》かしてやろうにも、それが叶いやせん。それで、今宵《こよい》は焼物に入れ子重を使って変化を出してみやしたが、今後、料理に合わせて、もっと陶磁器《とうじき》や籠《かご》もの、盆《ぼん》などを使ってみてェのですが、如何《いかが》でしょうか？　そうすると、木《こ》の葉や小石といったものをあしらい、意匠《いしょう》に工夫《くふう》を凝《こ》らしてやることが出来やすし、俺の料理も活き活きとしてくるように思いやす」

巳之吉はおりきにひしと目を据え、真剣な面差《おもざ》しで話した。

おりきが頬を弛める。

「立場茶屋おりきの料理は、巳之吉の料理です。おまえがやりたいようにやればいいのですよ。けれども、そうなると、什器《じゆうき》に不足が出ませんこと？　現在《いま》あるものだけで足りないようなら、巳之吉が使いたいと思う器を求めても構いませんのよ」

「極力、現在《いま》ある器を使いてェと思いやすが、どうしてもということになれば、俺の采配《さいはい》で補充することを許してもらえやすか？」

「勿論《もちろん》ですよ。いつでも言って下さい。実を言えば、わたくしも、おまえがいつかそう言い出すのではないかと、心積《こころづ》もりをしていましたのよ」

「申し訳ありやせん。では、あっしはこれで……」

巳之吉がぺこりと頭を下げ、板場に戻って行く。

「やはり、倉惣の出張料理は、巳之吉を開眼《かいがん》させたようでやすね」

達吉がしみじみとしたように言う。

「倉惣には随分と立派な什器が揃《そろ》っていたそうです。あちらさまでは、どれを使ってくれてもよいということだったようですが、流石に、巳之吉も気を兼ねたのでしょう。殆ど、うちから運んだ器を使ったと言っていましたが、倉惣の器を見て、巳之吉の頭の中に、さまざまな構想が浮かんだのだと思いますよ」

「だったら、もっと早く、そう言えばいいのに、巳之吉も水臭《みずくせ》ェなあ……。まっ、旅籠の料理というものは、本膳が基本だからな。うちは料理旅籠といっても、慣例を破るようで、気が退《ひ》けたのでしょうね」

「愉《たの》しみになりましたね。これまでも、風味《ふうみ》合《あい》においては非のうちどころのない巳之吉でしたが、これからは、器や盛りつけなど、目でも存分に愉しむことが出来るのですものね」

「こりゃ、早速《さっそく》、京の吉野屋《よしのや》さまに文にてお知らせしなくちゃ！　そうだ、加賀山《かがやま》さまにもお知らせしやしょう。もしかすると、三吉、いや、加賀山三米《さんべい》大先生を連れて来て下さるかもしれねえしよ！」

達吉が燥いだように、戯《ざ》れ言を言う。

「達吉、三吉のことをそんなふうに揶揄《やゆ》するものではありません。それに、三吉は加賀山さまの御母堂《ごぼどう》の下《もと》で、小間物屋の仕事や絵の修業を始めたばかりです。とても、旅のお供が出来るような状態ではありませんからね」

おりきが達吉をきっと目で制す。

達吉はへっと肩を竦め、真面目《まじめ》な顔に戻った。

「そろそろ、近江屋にお出かけになったほうが宜しいのでは？　後は、俺とおうめとで仕切っておきやすんで……」

「そうですね。では、行って参ります」

おりきはそう言うと、立ち上がった。

その瞬間、巳之吉の言葉に和《なご》みかけていたおりきの胸に、またぞろ、するりと危惧の念が忍び入った。

　おりきが訪《おとな》いを入れると、忠助は待ち兼ねていたようで、自《みずか》ら玄関口まで迎えに出ると、すぐさま、母屋《おもや》の客間へと案内した。

　築山《つきやま》の向こうに海が一望《いちぼう》できる、日当たりの良い部屋である。

　忠助は座卓を挟んでおりきと向かい合わせに坐《すわ》ると、茶と菓子を運んで来たお端女《はした》に、お登世を呼ぶように命じ、改まったように膝を正した。

「既にお気づきでしょうが、またもや、お登世が戻って参りましてね。お恥ずかしい限りです。だが、此度ばかりは、これまでのように、あたしには無下《むげ》に深川に帰れとは言えません。というのも、此度初めて、あの娘《こ》が本当のことを話してくれましてね。それを聞いて、驚きました……。今までは、堪《こら》え性のないあの娘が、姑と反りが合わずに、再三再四、飛び出して来ていたと思っていましてね。ところが、反りが合わなかったのは、亭主の軍次郎《ぐんじろう》だというのですからね、驚いたのなんのって……。あっ、お登世が参りました。さあ、お入り。現在《いま》、立場茶屋おりきの女将さんに、おまえのことを話していたところなんだよ。それでいいね？　おまえが是非《ぜひ》女将さんに聞いてもらいたいと言い出したのだからね」

忠助が客間に入って来た、お登世の顔を窺う。

お登世は襖《ふすま》を閉めると、すすっと忠助の隣まで膝行《しっこう》し、深々とおりきに頭を下げた。

二年ほど見ない間に、お登世は一回りほど痩身《そうしん》になったように思う。

嘗て、ふっくらと肉付きのよかった頬が痩《こ》け、頬骨《ほおぼね》が尖《とが》ったように見えた。

そのせいか、幾分、目が吊《つ》り上がっている。

「お久しゅうございます」

「本当に、久し振りですこと！　元気でしたか？」

そう言い、おりきはあっと口を閉じた。

こんなに窶《やつ》れていて、お登世が元気なはずがない……。

「元気でしたと言いたいところだが、この様《ざま》です。なっ、お登世、女将さんに何もかもを話して構わないね？」

流石は、甲羅《こうら》を経《へ》た忠助のこと、機転を利《き》かせる。

お登世は黙って頷いた。

「では、あたしからお話ししましょう。実は、お登世の亭主軍次郎には、こいつが藍に嫁ぐ前から、木場《きば》に囲った女ごがいましてね。勿論、そんなことは、あたしもこいつも知る由もありませんでした。軍次郎は生真面目《きまじめ》すぎるほどの男で、不《ふ》のつくことは一切《いっさい》ないという仲人口《なこうどぐち》に乗せられたのですからね。あたしも藍一ほどの身上《しんしょう》なら、こいつが生涯不自由をするようなことはないだろうと思い、嫁に出したのですが、軍次郎は祝言を挙げた翌日には、もう妾宅《しょうたく》に入り浸《びた》る始末で、三日、木場で過ごすと、翌日、海辺大工町へと、これでは、どちらが本宅やら分かりません。が、お登世にも意地があったのでしょう。半年ほどは辛抱しました。姑がお登世に優しくしてくれたのです。おまえさんは本妻なのだ、軍次郎が何をしようが、藍一の嫁はおまえさんなのだから、毅然《きぜん》としているように……と、そう言ってくれていたのだそうです。が、半年後、遂《つい》に、こいつも堪忍袋《かんにんぶくろ》の緒《お》が切れちまい、門前町に逃げ帰って来ました。ところが、どういうわけか、こいつに理由《わけ》を訊ねても、口を固く閉じてしまい、繰言《くりごと》のひとつも言おうとしない……。あたしたちがお登世の我儘《わがまま》だと思ったところで仕方がないでしょう？　それに、二、三日もすると、軍次郎が頭を下げて迎えに来るのですからね。全く、とんでもない思い違いをしていたのですよ。軍次郎は母親にお登世を迎えに行くようにと命じられていたのです。それが出来ないようなら、二度と、藍一の敷居《しきい》を跨《また》がせないと怒鳴りつけられ、それで渋々迎えに来ていたとも知らずに、あたしどもは、お登世が姑と反りが合わないのだと勝手に決めつけていたのですからね。お登世も門前町に逃げ帰りはしましたが、姑が帰って来てくれと懇願《こんがん》している、木場の女ごときっぱり手を切るという軍次郎の言葉に心が傾き、再び、藍一に戻りました。ところが、軍次郎の女ご狂いがそれで修まるはずもなく、女ごと切れるといった舌の根も乾かないうちに、また内を外にする始末で、それで、お登世も三月《みつき》もしないうちに、逃げ帰る……。そんなことが何度も繰り返されましたが、お登世の奴、これまで何度出戻っても、その理由を話そうとはしませんでした」

忠助は湯呑を手に、口に湿《しめ》りをくれてやると、ふうと太息を吐いた。

すると、お登世が顔を上げた。

「あたし、悔《くや》しかったの。亭主を其《そ》れ者《しゃ》上がりの女ごに盗《と》られて、泣く泣く実家《さと》に出戻っただなんて、そんなに恥ずかしいことってないもの……。それより、皆に姑去《しゅうとざ》りされたと思われたほうが、女ごとして、まだ、沽券《こけん》が保てる……。あたし、あたし、そう思ったの」

お登世が悔しそうに、唇をきっと嚙《か》み締める。

「それだけじゃないだろう？　姑から、藍一の暖簾《のれん》に疵《きず》をつけるようなことだけは、近江屋に言わないでくれ、と釘《くぎ》を刺されていたんだよね？　おりきさん、この際だ、あたしも包み隠さずにお話ししましょう。実は、藍一の姑は和枝《かずえ》さんといいましてね、近江屋の遠縁に当たる女《ひと》なのです。若かりし頃は、怜悧《れいり》で、なかなかの美印《びじるし》と評判でしてね。あたしも、あの方が老舗の藍一に嫁がれたと聞き、身内の鑑《かがみ》のように思ってきたのですが、時を経て、今度はあたしの娘が藍一の嫁になることになったのです。なんという因縁《いんねん》なのでしょう……。和枝さんにもそれが解っていたからこそ、息子の不始末を恥じ、自らの手でお登世を護《まも》ろうと思われた……。その想いは、あたしにはよく解ります。あたしとて、自分の娘が軍次郎に虚仮《こけ》にされているとは知りたくありませんからね。お登世にしてみても、そうだったのでしょう。和枝さんに優しくしてもらい、姑の気持が手に取るように解っていた……。それで、姑を哀《かな》しませるよりも、何もかもを自分の我儘で片づけてもらったほうが……。なっ、お登世、そうなんだよな？」

忠助がお登世の顔を覗き込む。

お登世は目を伏せたまま、頷いた。

忠助は続けた。

「状況が少しばかり変わったのは、この娘《こ》が赤児《やや》を産んでからです。軍次郎は本当は男児を望んだようですが、それでも、娘が生まれてからは、物珍しさからか、木場に通う回数も減ったそうです。昌枝《まさえ》と名付けられたあたしの孫は、それはそれは可愛《かわい》い娘でしてね。世の爺馬鹿《じじばか》を莫迦にしていたこのあたしでさえ、目の中に入れても痛くないほど可愛く思っています。ですから、昌枝が生まれて、これで何もかもが円満に解決し、姑とも甘《うま》くいっているのだろうと、そんなふうに思っていたのです。ところが……」

忠助が辛そうに眉根を寄せた。

「二月《ふたつき》ほど前に、和枝さんが急死なさいましてね。心《しん》の臓《ぞう》の発作ということでしたが、軍次郎とお登世の夫婦仲が甘くいっていないとは、微塵《みじん》芥子《けし》ほども思っていなかったあたしたちは、和枝さんには申し訳ないが、これで本当に、親子水入らずの幸せな家庭が築けるのだと、そう思っていたのです。ところが、またもや、お登世が逃げ出して来たではないですか……。一体全体これは……、とあたしは頭を抱えてしまいましてね。けれども、此度のお登世は違いました。姑がもうこの世にいないのだから、義理を立てる必要がなくなったとでも思ったのか、洗いざらい、本当のことを話してくれましてね」

「では、昌枝ちゃんが生まれてからも、まだ、軍次郎さんは木場の女性と……」

おりきは息を呑んだ。

お登世がわっと両手で顔を覆《おお》う。

「あの男《ひと》、昌枝が生まれてからも、木場の女ごと切れちゃいなかったんです！　物珍しさから、内を外にしなくなったのは、ほんのひと月ほどで、便り屋が木場から文を託《ことづ》かって来るや、鼻の下を長くして、ほいほいと出掛けちまって……。何もかもが、元の木阿弥《もくあみ》……。けど、あたしは変わりました。何があっても、動じなくなったの。だって、あたしには昌枝がいるのですもの……。だから、昌枝のためにも、お義母《かあ》さまから様々なことを教わって、藍一の立派な内儀になろうと、そう心に誓ったの。昌枝さえいれば、亭主なんかいなくてもいい。あんな男、欲しけりゃ、いつでも熨斗《のし》をつけてくれてやるって……。けど……」

再び、お登世が激しく肩を顫《ふる》わせる。

忠助がお登世の背をそっと擦《さす》り、おりきを瞠《みつ》めた。

「こいつにとって、大番狂《おおばんぐる》わせだったのが、姑が急死したことでしてね。後ろ盾となって、お登世を護っていた姑の存在がなくなるということは、藍一の嫁の座を失うこと同じこと……。軍次郎にしても、目の上の瘤《こぶ》だった母親がいなくなったのです。これ幸いとばかりに、忽《たちま》ち、馬脚《ばきやく》を露《あらわ》し、お登世を攻撃するようになったのです。お登世のすること為《な》すことに悉《ことごと》く難癖《なんくせ》をつけ、藍一に居辛くするようにと謀《はか》ったのです。

無論、木場の女ごを正妻に直すためでした。だが、お登世には昌枝がいます。昌枝は大店《おおだな》の娘として生まれたわけですから、昌枝を連れて藍一を出るということは、あの娘《こ》から暖簾を奪うようなものですし、かといって、昌枝を置いて、お登世だけが身を退《ひ》くわけにもいかない……。こいつは悩んで悩んで、悩み抜いていたのですよ。ところが……」

忠助は余程業腹《ごうはら》とみえ、ぶるるっと、身体を顫わせた。

「糞《くそ》！　軍次郎の奴、言うに事欠いて、お登世が不義密通《ふぎみっつう》をしたと言い出しましてな」

「不義……、不義密通ですって！　そんな……」

おりきも絶句した。

「あの男《ひと》、おまえは昌枝を身籠《みご》もるまで、度々、門前町に帰っていたじゃないか、きっと、近江屋の店衆《たなし》の中に、おまえの男がいるのに違いないって、そう言い出したのです」

お登世が悔しそうに、つと、顔を上げる。

「まっ、なんてことを……。そんなことを言うなんて、それでは、お登世さんばかりか、近江屋さんまでを愚弄《ぐろう》しているのと同じではないですか！」

おりきは思わず甲張《かんば》った声を張り上げた。

「そう、そうなんだ！　このあたしがついているというのに、見世《みせ》の衆とお登世が不義密通を働いただなんて、天骨もないことを！　ところが、あの男が言うには、木場の女ごとは十年以上も鰯《いわし》煮た鍋《なべ》（離れがたい関係）となっているのに、未だ、子が授《さず》からない、それなのに、気まぐれで、たまに抱いただけのおまえに子が出来るとは、どう考えても合点《がてん》がいかない、俺は疾《と》うの昔に子種《こだね》はないと諦《あきら》めていた、だから、おまえが産んだ子は俺の娘じゃねえ……。あいつ、そんなふうに、戯けたことを言い出しましてね。おりきさん、あたしは腹を決めましたよ。ここまで言われて、藍一の暖簾にしがみついていることはありませんからね！　お登世と昌枝は、このあたしが護ってみせます。と、まあ、そう言いたいのですが、実は……」

忠助が突然困《こう》じ果てたような顔をして、潮垂《しおた》れる。

えっと、おりきは忠助に目を据えた。

お登世が再びわっと声を上げ、両手で顔を覆った。

「実は、二日前のことです」

忠助は眉間《みけん》に皺《しわ》を寄せ、辛そうに話し始めた。

その日も、軍次郎は一時《いっとき》も早くお登世を門前町に追い返そうと、朝から嫌みを言い募《つの》っていたという。

が、お登世はその悉くを柳《やなぎ》に風と聞き流し、懸命に堪えた。

少し辛抱すれば、今に軍次郎のほうが音《ね》を上げて、幼児が母の胸へと逃げ込むように、また、木場に駆け込み、暫《しば》らくは帰って来ないだろう。

元々、藍一は姑を中心に、大番頭を始めとした見世の衆で廻していたので、軍次郎が家業を顧《かえり》みなくても、一向に障《さわ》りがない。

しかも、昌枝が生まれてからというもの、見世の衆のお登世を見る目が違ってきたし、それこそ姑の和枝が亡くなってからは、誰もが陰になり日向《ひなた》になりして、お登世を藍一の女主人《おんなあるじ》として支えてくれるようになっていたのである。

だから、昌枝のためにも、今暫くの辛抱を……。

お登世はそう思っていたのである。

案の定、その日も、七ツ半（午後五時）近くになって、突然、軍次郎が外出着に着替え始めた。

「お出掛けですか？」

「………」

お登世は問いかけたが、軍次郎は答えようとはしなかった。

「夕餉はどうします？　もう間なしに仕度が出来ると思いますが」

「………」

「では、行ってらっしゃいませ」

お登世はそう言うと、くるりと背を返し、厨《くりや》に引き返そうとした。

その腕を軍次郎がぐいと摑《つか》んだ。

「てめえ、亭主がこれから妾宅に行こうとしてるのに、なんともねえのかよ！　なんだよ、そのつるりとした能面《のうめん》みてェな顔は！　ヘン、偉そうに！　てめえを庇《かば》ってくれたお袋は、もういねえんだよ。この糞女《くそあま》が！　とっとと、品川へ帰《けえ》りゃがれ！」

軍次郎はそう言うと、お登世の身体を揺すり、力任《ちからまか》せに突き倒した。

お登世は畳《たたみ》に尻餅《しりもち》をついた恰好《かっこう》で、仰向《あおむ》けに転がった。

そこに、つたない足取りで、居間のほうから、昌枝が茶の間に入って来た。

「とったん……」

ようやく言葉らしき言葉が喋《しゃべ》れるようになった昌枝が、軍次郎の脚にしがみつく。

「糞！　邪魔《じゃま》臭《くせ》エ……」

軍次郎が脚を払った。

昌枝は蹌踉《よろめ》き、長火鉢の角に頭を強《したた》かにぶっつけた。

ウワァン……。

昌枝が火がついたように泣き叫ぶ。

「あっ、おまえさん、何をなさいます！」

お登世は慌てて昌枝に躙《にじ》り寄り、抱え起こした。

「昌枝はいい娘《こ》だ、いい娘だ。ほうら、もう痛くない……。さあ、泣くのは止めて、おっかさんに笑顔を見せておくれ。藍一の娘は強いんだからさ」

お登世は昌枝をあやし続けた。

「へっ、親が親なら、娘も娘だぜ！　誰の子か判らねえ餓鬼を産みくさって、何が、藍一の娘だよ！　母娘《おやこ》して、藍一を乗っ取ろうたって、そうは虎《とら》の皮！　今に、痛い目に遭《あ》わせてやるからよ」

その言葉に、お登世がきっと鋭い目を返した。

「止めて下さい、娘の前で！　おまえさんがあたしに何を言おうと構わない。けど、昌枝の前でそんなことを言うのは、このあたしが許さないからね！」

「ほう、面白《おもしれ》ェ！　許さねえだと？　だったら、こうしたら、おめえ、どうするってかよ！」

軍次郎はそう鳴り立てると、昌枝の身体を軽々と抱え上げ、畳に叩きつけた。

お登世の頭にカッと血が昇った。

許さない……。もう、許すもんか！

お登世はさっと長火鉢の火箸《ひばし》に手を伸ばすと、軍次郎に体当たりした。

ワッと軍次郎が悲鳴を上げ、蹲《うずくま》ったところまでは憶えている。

後は、何がどうなったのか、よく憶えていない。

うっすらと記憶に残っているのは、大番頭がお登世と昌枝を四ツ手（駕籠《かご》）に乗せたことである。

「暫く、近江屋に身を寄せていて下さい。お内儀《かみ》さんは現在《いま》は何も考えなくてよいのです。追って、連絡いたします」

耳許で、大番頭がそう囁いたことだけは憶えている。

「お登世と昌枝が門前町に着いたのは、四ツ（午後十時）近くでした。あたしはこいつの手が血塗《ちまみ》れになっているのを見て、すぐに、何か大変なことが起きたのだと悟りました。けれども、お登世の奴、前後を忘れちまって……。何を訊いても、気が動転していて、埒《らち》が明きません。そんなわけで、お登世の口から何があったのか聞き出せたのが、一夜明けた昨日のことで……。ところが、あたくしどもには、何をどう対処すればよいのかさっぱり判りません。すぐさま、番頭を海辺大工町に遣わせ、藍一の周辺を探らせたのですが、見世では何事もなかったかのように商《あきな》いをしていましたし、藍一に何か変わったことがなかったかと、それとなく近所の者に訊ねてみても、誰もがさして変わったことはないと返事をするばかりで……」

忠助は途方に暮れたような顔をした。

おりきは驚きのあまり、言葉を失っていた。

母親を早くに亡くしたとはいえ、忠助の庇護《ひご》の下《もと》、何不自由なく育ってきた、あの明るくて屈託のなかったお登世が、このような苦労をしていたとは……。

だが、お登世は辛酸《しんさん》を嘗《な》めながらも堪え忍び、次第に逞《たくま》しくなっていったのである。

そうさせたのは、母になった女ごの底力であり、姑である和枝の愛なのかもしれない。

母は強し……。

幼い頃、母親を失ったお登世には姑の和枝が母そのものであり、お登世もまた母となり、強い女ごとなったのであろう。

「けれども、お登世は自分が火箸で軍次郎を刺したと言っていますし、お登世の手は血塗れとなっていました。軍次郎が死ぬか、大怪我《おおけが》をしたのは間違いないことなのに、これは一体……。それで、おりきさん、おまえさんの意見を訊きたいと思いましてね」

忠助の言葉に、おりきはハッと我に返った。

「そうですわね。憶測《おくそく》だけでものは言えないのですが、これは、藍一の大番頭さんに考えがあってのことではないでしょうか。今暫く様子を見るより仕方がないでしょうね。現在《いま》、近江屋さんが下手《へた》に騒いだのでは、却《かえ》って、話がこじれるような気がします」

「それはそうなんだが、あたしとしては、軍次郎の容態《ようだい》が気にかかってならなくてね。大婦喧嘩の果て、お登世が亭主に怪我をさせたというのと、殺《あや》めてしまったというのでは、罪状が大層変わってきますからね。それに、現在《いま》のところは、周囲《まわり》の者の目にお登世がまた我儘で出戻ったと映《うつ》っているとしても、今後、どう対処していけばよいのか……」

忠助が困じ果てたような顔をする。

「そのことなのですが……。実はね、お登世さんに何か尋常《じんじょう》ではないことが起きたののことですの。あの親分のことですではないかと、高輪の親分が薄々気づいておられるようですの。あの親分のことですもの、隠し立てすればするほど躍起《やつき》になって、重箱の隅をつつくようにして探るでしょう。それより、いっそ腹を割って、相談してみてはどうでしょう。あの方は、理道《りみち》の解る方です。決して、悪いようにはなさらないと思います」

おりきがそう言うと、お登世が、おとっつァん、と忠助を見た。

「あたし、今日、戸口のところで親分に逢ったの。でも、後ろめたいものだから、慌てて、逃げるようにして奥に引っ込んじまって……。だから、きっと、親分は妙だと思ってる……」

「なんと……」

忠助があっと救いを求めるように、おりきに目を移す。

「親分は勘の鋭い方ですからね。敵に回すより、味方に取り込む方が得策でしょうね」

「あたし、親分に相談します。もう迷わない。自分のしたことですもの、自分で責任を取らなきゃ、昌枝に顔向けが出来ない……。ねっ、おりきさん、そうですよね？こんなことになったけど、昌枝を護るためだったんだもの、堂々と胸を張って、あたし、お縄《なわ》にかかります」

「まっ、お縄だなんて、気の早いこと！　余程の怪我でない限り、人はそうそう生命《いのち》を落とすものではありませんよ。軽い怪我なら、情状酌量《じょうじょうしゃくりょう》もあるし、示談《じだん》でことを収めることも出来ます。全《すべ》て、親分に相談してからということにしましょうね」

「解りました。では、早速、高輪に遣いを立てましょう。なんなら、お登世とあたしが高輪に出向いても構わないのですが……」

忠助も腹が決まったのか、憑《つ》き物でも落ちたかのような顔をする。

「いえ、親分にはこちらに来てもらいましょう。現在《いま》はまだ、他人《ひと》の耳に入れさせたくありませんからね」

おりきは微笑んだ。

何故《なぜ》かしら、亀蔵に委せておけば、八方《はっぽう》丸くことを収めてくれるように思えたのである。


早いもので、もう霜月《しもつき》である。

この季節、海の幸、山の幸と食材にも幅が広がり、味に深みが出てくる。

殊《こと》に、海の幸では、定番の鯛や鮪《まぐろ》の他に、太刀魚《たちうお》、細魚《さより》、河豚《ふぐ》、蟹《かに》、牡蠣《かき》、伊勢海老と、晩秋から冬にかけて味を増す魚貝が数多《あまた》と魚河岸《うおがし》に並び、このところ、巳之吉は積極的に大皿料理に挑《いど》んでいた。

大皿に三人前、四人前を盛りつけることで、より一層、料理を華やかに見せるように工夫しているのである。

そのため、急遽、伊賀《いが》、備前《びぜん》、信楽《しがらき》といった、釉薬《ゆうやく》のかからない土ものの大皿、大鉢、長方皿などが集められることとなった。

巳之吉はそれらに笹や朴《ほお》、椿《つばき》といった草木の葉や、青木《あおき》の赤い実をあしらい、目でも存分に愉しめる趣向を凝らした。

「だが、この織部《おりべ》の扇形皿《おうぎがたざら》は、ちと高すぎやしねえか？　俺ャ、陶工《とうこう》の名前なんて、どうでもいいんだ。それよか、器が俺に使ってくれと訴えてくる、そんな器を使いてエんだよ」

配膳室《はいぜんしつ》のほうから、巳之吉の声が聞こえてくる。

おりきはおやおやと苦笑しながら、亀蔵の待つ帳場へと入って行った。

「お待たせしました」

そう言い、長火鉢の鉄瓶《てつびん》に水を差す。

「なに、俺も今し方来たところでよ。それより、やけに賑《にぎ》やかそうじゃねえか」

亀蔵が配膳室のほうを見て、ちょいと顎をしゃくってみせる。

「現在《いま》、道具屋が来ていましてね。巳之吉があれこれと注文をつけていますのよ」

「えっ、じゃ、おめえさんも立ち会わなくていいのかい？」

「いえ、構わないのですよ。器や食材のことは、巳之吉に委せていますので……」

おりきがそう言うと、亀蔵は、へえ！　と大仰《おおぎよう》に驚いてみせた。

「女将は銭さえ払ってりゃいいってか？　へっ、巳之吉も大《てえ》した出世ぶりだぜ！」

「そういうわけではないのですよ。わたくしがいちいち指示しなくても、巳之吉には仕入れを幾らで抑《おさ》えればよいのか、ちゃんと解っています。それが証拠に、足が出たことなど、一度もありませんのよ。巳之吉には、しっかり、儲《もう》けさせてもらっています。それに、器は料理旅籠の財産ですからね。丁寧《ていねい》に扱ってやれば、この先、永く使えますもの……。ですから、わたくしは大船に乗った気持で、巳之吉の感性に賭《か》けているのですよ。作り手である料理人が使いたいと思う器を使ってこそ、良い料理といえるのですものね」

「へえ……。てこたァ、女将も巳之吉も互いに信頼し合ってるってことか……。藍一の軍次郎とお登世に聞かせてやりてェや！　二人の間に、ほんの少しでもいいから、信頼というものがあればよかったんだろうがよ」

亀蔵が蕗味噌《ふきみそ》を嘗めたような顔をする。

茶筒《ちゃづつ》の茶を急須《きゅうす》に移していたおりきが、えっと、手を止める。

「それで、藍一のほうは如何なことになりました？」

「ああ、全て、片がついた。滅法界、藍一の大番頭が賢い男でよ。まっ、これまで、軍次郎にはほとほと手を焼いていたんだろうて……。軍次郎の怪我は大《てぇ》したことなかったんだが、この際、お灸《きゅう》を据えてやろうと思ったんだな。というのも、これまでは、先代の和枝さんが見世のことや奥向きのことを全て仕切っていたもんだから、誰も文句のつけようがなかったんだが、お袋のいなくなった軍次郎なんて、ただの塵《ごみ》だからよ。いっその腐《くさ》れ、いなくなってくれたほうがよかったんだろうが、あの野郎、悪運が強《つえ》ェというか、全治ひと月の怪我で済みやがった……。そこで、大番頭は考えたんだな。藍一の縁者を一堂に集めるや、これまで軍次郎がした悪事の限りを洗いざらいぶちまけ、親戚一同の総意として、軍次郎の廃嫡《はいちゃく》を諮《はか》ったんだとよ。軍次郎に子がいねえというのなら、そんな無謀《むぼう》は許されねえが、幸い、お登世が産んだ昌枝という跡取り娘がいるからよ。へへっ、反対《はんてえ》する者など、一人もいなかったとよ！」

「では、二歳の昌枝ちゃんが、藍一の跡取りに……。で、お登世さんは？」

「お登世は昌枝の母親だ。昌枝の後見人として、この先ずっと、藍一に残ることになる」

「では、軍次郎さんに怪我をさせたことについては?」

「怪我といったって、大《てえ》した怪我じゃなかったんだぜ。そもそも、ことの発端《ほったん》は、お登世が軍次郎から幼い娘を護ろうとしたからじゃねえか。誰も、軍次郎に四の五の言わせやしねえさ。まっ、そうはいっても、丸裸《まるはだか》で追い出すわけにゃいかねえわな? それで、手切れ金として、藍一から二百両支払うことになったんだがよ。二百両もあってみな? 木場の妾《めかけ》と生涯《しょうげえ》楽して食っていけるからよ。軍次郎が文句を言うはずもねえ……。今後一切、藍一とは関係がねえと一札《いっさつ》入れて、ほくほく顔で出て行ったとさ」

「まあ、そうだったのですか……」

「どうしてェ、なんだか、浮かねえ顔だな。おめえさん、お登世が罪に問われねえようにと望んでたんじゃねえのかよ」

亀蔵が訝しそうな顔をする。

おりきは慌てて、笑みを作った。

「勿論、お登世さんにお咎《とが》めがないようにと祈っていましたわ。けれども、この先も、お登世さんが藍一に残って、果たして、甘くやっていけるのだろうかと考えますとね……。昌枝ちゃんの母であり、後見人でもあるのですから、それが当然とはいえ、お登世さんはまだ三十路前ですもの……。女ごとして、それでは、あまりにも寂《さみ》しすぎるのではないでしょうか」

「なんと、女将らしくもねえ言葉を！　女ごとして寂しすぎるだって？　じゃ、訊こう。おりきさんよォ、おめえさんが先代に拾われて立場茶屋おりきの女将になったとき、どう言った？　女ごの幸せは、所帯を持つことだけにあるのではない、自分は先代から託されたこの旅籠を護り、お客さまにまた来てみたいと思ってもらえる、そんな宿を作ることを生き甲斐としている、使用人の全てを家族、我が子と思うことが、自分にとっては何よりの幸せなのだ……。おめえさん、そう言ったんだぜ？　そのおめえさんがお登世が藍一を背負《せお》って立つことに批判的だとは、俺ャ、いまいち、腑《ふ》に落ちねえや」

「…………」

「それによ、見世のことは、大番頭や店衆に委せておけばいいのだからよ。大番頭が言ってたぜ。これからは、お登世さんを女主人だと思い、これまで和枝さんを支えてきたように、支えていくつもりだとな……。だから、案ずることはねえのよ。お登世は昌枝を産んで、母として強くなったが、これからは、藍一の顔として、更に、強くなっていく……。必ずや、時が、お登世を立派な女主人にしてみせるからよ」

そうかもしれない……。

おりきは先代から立場茶屋おりきの女将の座を託されたときのことを想った。

武家上がりの身で、客商売の経験も浅いおりきに、先代はあっさりと女将の座を譲《ゆず》ったのである。

当時の旅籠には古株のおうめもいれば、茶屋には茶立女《ちゃたておんな》のおよねもいた。

それなのに、海のものとも山のものともつかない、当時、おゆきと名乗っていたおりきに女将の座を託したのは、偏《ひとえ》に、先代がおりきの中に女将の資質を見出《みいだ》したからに違いない。

ああ……、とおりきは眉を開いた。

藍一の姑和枝も、お登世の中に、見世を背負って立つべく資質を見出していたのだ……。

だから、何度、お登世が門前町に逃げ帰っても、あの手この手と手を尽くし、連れ戻そうとしたのである。

放蕩息子《ほうとうむすこ》の軍次郎にはとても見世を託せないと思った和枝は、お登世が遠縁の娘という理由からだけでなく、この娘なら、藍一を託すのに値《あたい》すると考えたのに違いない。

そうだったのか……。

おりきは目から鱗が落ちたような想いであった。

「それで、お登世さんはなんと？」

おりきが訊ねると、亀蔵がにっと笑った。

「おう、お登世の奴、やる気満々でよ！　立派にお義母さまの跡を継《つ》いでみせる、そして、この手で、昌枝と、将来、昌枝の婿となる男に藍一を引き渡すのだとな……。心配《しんぺえ》するこたァなかったんだ。俺もよ、八方丸く収まって、安堵《あんど》したぜ！」

「そうですか。わたくしもそれを聞いて安心しました。さぞや、近江屋さんもお悦びでしょうね」

亀蔵がふふっと含み笑いをする。

「それがよ、近江屋が言うのよ。今だから言えるが、お登世が縄つきにでもなったらと思うと、生きた空もなかった、孫は自分が引き取るにしても、自分の身の処し方をどうしたものかと悩み抜いた、門前町の宿老《しゅくろう》を辞すなんて生易《なまやさ》しいことでは済まず、下手をすれば、旅籠を畳まなければならなくなるのでは……、とそんなふうに腹を括っていたのだと、なんと、そう言うじゃねえか。俺ャ、てんごう言ってんじゃねえや、近江屋が宿老を辞したりしてみな？　忽ち、この門前町は堺屋《さかいや》のような銭儲《ぜにもう》けしか頭にねえ輩《やから》に、縦《ほしいまま》にされちまうんだ、寝言は寝て言いなって、怒鳴りつけてやったんだがよ」

おりきの胸に熱いものが込み上げてくる。

忠助の想いが痛いほどに解った。

大店が身内で起きた犯罪を極力身内で収めようとするのは、見世から縄つきを出したというだけで、大店もまた罪に問われるからであり、重い罪の場合は、身代限《しんだいかぎ》りを余儀《よぎ》なく強《し》いられる。

忠助が生きた空もなかったというのは、本音であろう。

だが、良かった……。

まさか、和枝は軍次郎がお登世に刺されることまでは予測していなかったであろうが、これで、藍一はお登世に託せたのである。

おりきは亀蔵を見た。

「親分、この度は本当にお世話になりました。親分がいて下さらなかったら、どうなっていたかと思うと……。どんなに礼を言っても、言い尽くせないほどです」

おりきは深々と頭を下げた。

「止しとくれや！　俺ャ、大《てえ》したことをしたわけじゃねえ。俺が海辺大工町を訪ねたときには、大番頭の手で何もかもが片づいていたんだからよ。礼を言うのなら、大番頭に言ってくんな」

亀蔵が尻こそばゆそうに、月代《さかやき》に手をやった。

こういった謙虚なところが、亀蔵の善《よ》いところである。

恐らく、藍一を訪ねたときには、大番頭はまだ迷っていたに違いない。

放蕩息子といっても、軍次郎は藍一の跡取り息子である。

早くに夫を失った和枝は、見世を護ることに懸命なあまり、軍次郎を男として鍛《きた》えることを些か怠《おこた》った。

その結果が、軍次郎を女ごに現《うつつ》を抜かす体《てい》たらくな男にしてしまい、そのことで胸の内では忸怩《じくじ》としても、そこは可愛い我が子のこと……。

和枝が軍次郎を廃嫡しようにも出来なかったことを、傍にいて、大番頭は誰よりもよく知っていたのである。

その大番頭の迷いを吹っ切らせ、背中を押したのが、亀蔵だったのであろう。

おりきはそう確信していた。

「親分！」

おりきが微笑みかける。

うン……、と亀蔵が芥子粒のような目を一杯に見開く。

「感謝していますのよ」

そう言うと、再び、おりきはふわりとした笑みを送った。


藍一に帰ることになったお登世が昌枝を連れて挨拶《あいさつ》に来たのは、それから一廻りほどしてからのことである。
四、五日ほど前から降り始めた雨が、この日も蕭條《しょうじょう》と降り続いていた。
昌枝は目鼻立ちのはっきりとした、愛らしい顔をしていた。

お登世にあまり似ていないところを見ると、面立ちは父親似と見たが、ところがどうして、利かん気だけはお登世譲りのようである。

「雨が上がるのを待っていましたが、止《や》みそうにもないので、今日、発《た》つことにしましたの。此度のことでは心配をおかけしてしまい、申し訳ありませんでした。昌枝、さあ、女将さんに挨拶をなさい」

お登世が無理に芥子頭《けしあたま》を押さえつけようとするのだが、昌枝は何やらそわそわと上《うわ》の空……。

どうやら、旅籠の玄関口を潜ろうとして、裏庭から聞こえてきた子供たちの燥ぎ声が気になって仕方がないようである。

「お登世さん、挨拶なんて宜しいのよ。それより、どうかしら？　わたくしたちが話をしている間だけでも、昌枝ちゃんを子供たちのところにやっていては……」

おりきがそう言うと、昌枝はパッと目を輝かせた。

なかなか捷《はしこ》い子供である。

「そうだ、それがいいや。どれ、おじちゃんが連れてってやろう」

達吉がおいでと腕を開く。

達吉は近江屋忠助より五、六歳は歳を食っている。

それが、おじちゃん、とはなんとも厚かましい限りであるが、当の本人は大真面目《おおまじめ》で、昌枝も素直に頷くと、達吉の腕にするりと身体を預けた。

おりきが達吉が帳場を出て行くのを見届け、お登世に目まじして見せる。

「子供たちがね、現在《いま》、てるてる坊主を作っているのですよ。お登世さんもお聞きでしょうが、このところ、素庵さまの姪の貞乃さまが、子供たちに手習や裁縫などを教えて下さっていましてね。うちのおきちゃおいねばかりでなく、ほら、亀蔵親分のところのみずきちゃん……。みずきちゃんは昌枝ちゃんとあまり年が違わないので、よい遊び相手になるでしょうよ」

おりきはそう言うと、改まったように、お登世に目を据えた。

「親分から聞きましたよ。お登世さん、藍一の暖簾を護るために、女主人として、前面に立つ覚悟をお決めになったとか……」

「はい。これは、昌枝のためというより、あたし自身のためなんです。亡くなった義母《はは》もきっとそれを望んでいたのでしょうし、正直に言って、あたしが近江屋に出戻ったとしても、ここにはあたしの居場所がありませんでした。だって、近江屋は姉夫婦のものですし、いくら、おとっつァんがあたしたちを護ると言ってくれても、肩身の狭い想いで暮らさなければならない……。あたしはそんなのは嫌です。あれから、じっくりと考えてみたのですけど、やはり、あたしは誰かに護られるのではなく、誰かを、ううん、何かを護るために生まれてきたのじゃないかと……。そう思うと、藍一に嫁ぐことになったのも、宿世《すくせ》の縁のような気がしてなりません。藍一こそ、あたしの居場所……。あたし、義母の意思を継いで、立派に、藍一を護ってみせます。昌枝て下さいね。これから先も、も決して溺愛《できあい》することなく、他人《ひと》の心の痛みが解る、それでいて芯《しん》の強い娘に育ててみせます。その意味で、あたしにはおりきさんが手本なのですよ。相談に乗って思い悩んだり、迷うことがあるかと思いますが、そのときは、義母に亡くなられた現在《いま》は、おりきさんだけが頼りなのですから……」

お登世は食い入るように、おりきを瞠めた。

「解りました。お登世さんの気持を聞いて、わたくしも胸の支《つか》えが下りたような想いです。人には、持って生まれた宿命《さだめ》というものがありますものね。わたくしが先代に拾われて立場茶屋おりきの女将になったのも、おまえさまの言う、宿世の縁……。護られるよりも、護ることとの幸せ……。その言葉を聞いて、ああ、お登世さんはこれでもう大丈夫だ、と思いましたよ。それが解っていれば、必ずや、周囲《まわり》の者が放ってはおきません。わたくしの場合は、大番頭の達吉や板頭《いたがしら》の巳之吉を始めとした店衆の全てに、亀蔵親分、そして、近江屋さんと、藍一でも、数え上げれば枚挙《まいきょ》に遑《いとま》がないほどの方々に支えられてきましたが、親分の話では、大番頭を始めとした店衆や、親戚筋までがお登世さんの味方だとか……。心強いではありませんか」

「はい。有難《ありがた》いことだと感謝しています」

お登世がそう言ったときである。

障子がガラリと開き、亀蔵が手拭《てぬぐい》で着物を拭いながら入って来た。

「全く、よく降りやがる……。それもよ、思い切りよく、一気にザァッと降るってェのなら分かるが、チョボチョボ、チョボチョボ、牛の小便《しょんべん》みてェに降りやがってよ！　おっ、お登世、今日、帰《けえ》るんだってな」

「ええ、雨が上がるのを待っていたんだけど、上がりそうにないものだから……」

「秋ついり、というんだってな？　この五月雨《さみだれ》みてェな長雨を。雨具《あまぐ》が要《い》るような要らねえような、どっちつかずの、はっきりしねえ雨だからよ。まっ、四ツ手に乗っちまえば、この程度の雨なら、どうってこともねえのだろうがよ」

「さあ、お茶が入りましたよ。お登世さんのお持たせの幾世餅《いくよもち》を頂きましょうか」

「おっ、これこれ！　お登世、おめえ、俺の好物が解ってるじゃねえか」

「あら、親分の好物は幾世餅だけだったかしら？」

透《す》かさず、お登世が槍《やり》を入れる。

亀蔵はパァンと膝を打った。

「言えてらァ！　俺ャ、甘《あめ》ェもんなら、なんであれ、目がねえからよ」

「こっちもね！」

お登世が酒を飲む振りをする。

帳場の空気が一気に和《なご》んだ。

久々に見る、お登世の明るい笑顔である。

が、幾世餅を平らげた亀蔵は、茶のお代わりをすると、ふと真面目な顔に戻り、お登世を見据えた。

「いいな、今後は些細《ささい》なことでも親父《おやじ》さんや俺、いや、おりきさんでもいいから、早めに相談するんだぜ。藍一の女主人だからといって、決して、意地を張るんじゃねえ！　大店の主人ともなれば、一人じゃ解決できねえことが山ほどもあるんだからよ。なっ、女将、そうだよな？」

亀蔵に水を向けられ、おりきも頷く。

「そうですよ。わたくしの場合は、すぐ傍に、親分や近江屋さんがいて下さったので、何かあれば力を貸して下さいましたが、あなたの場合は、そういうわけにはいきませんからね」

「大番頭がついているといっても、軍次郎の出方次第《でかたしでえ》で、情が絡《から》むと、今後、どうにでも転ぶからよ。まっ、そうならねえように、祈るしかねえんだがよ。が、そうなった場合は、この俺がついている！　だからよ、何かあったら、すぐさま早飛脚《はやびきやく》を寄越しな。いいな？」

「解りました。あたし、もう、意地なんて張らない！　親分、おりきさん、有難うございました」

お登世が深々と辞儀をする。

すると、水口のほうで、黄色い声が上がった。

「やァだ、やァだ！　まちゃえ、まだ、あちょぶゥ……」

どうやら、近江屋から駕籠が着いたと知らせに来たようである。

「では、あたしはこれで……」

お登世も立ち上がり、玄関口へと出て行く。

おりきと亀蔵も後に続いた。

玄関口では、下足番の吾平がお登世の高下駄《たかげた》を揃えて待っていた。

入り口の外には、末吉が蛇《じゃ》の目（傘《かさ》）を掲《かか》げて待っている。

お登世は高下駄を履《は》きかけ、つと、吾平へと視線を移した。

「吾平……、おまえ、心配をしてくれたのだってね。有難うよ」

その言葉に、吾平は顔をくちゃくちゃに歪《ゆが》めた。

「なんの……」

「達者でね」

「お嬢さんこそ、達者で……」
お登世と吾平が目を瞠め合う。
その瞬間、吾平の頬を涙が伝った。
お登世の目も潤《うる》んでいる。
恐らく、お登世と吾平にしか解らない、無言の会話が交わされたのであろう。
しんしんと、相も変わらず、霧雨《きりさめ》が噎《むせ》び泣くように降っていた。

籬《まがき》の菊

とめ婆《ばあ》さんは行合橋《ゆきあいばし》の袂《たもと》で四ツ手（駕籠《かご》）を下りると、藍地《あいじ》霰小紋《あられこもん》の襟《えり》を指先できりりと合わせ、全身に気合いを入れるようにして、四囲《しい》を見回した。

師走《しわす》の品川南本宿《みなみほんじゅく》の通りには、そこかしこに歳《とし》の市が立ち、遽《あわただ》しく通りすがる人の顔も、どこか殺気《さっき》立って見えた。

そんな雑踏の中を、一張羅《いっちょうら》を着込み、如何《いか》にも顔見世《かおみせ》（興行）帰りといった顔をして、番付《ばんづけ》を手に闊歩《かっぽ》する、胸の透《す》くような、この小気味《こぎみ》よさ……。

へへっ、たまんないよ！

とめ婆さんは胸の内でぺろりと舌を出し、ほくそ笑《え》んだ。

今日ばかりは、お大尽《だいじん》にでもなった気分である。

朝方、女髪結《おんなかみゆい》に髷《まげ》を結わせ、一張羅の小紋に繻子《しゅす》の鯨帯《くじらおび》（昼夜帯《ちゅうやおび》）を一つ結びに締《し》めると、清水《きよみず》の舞台から飛び降りたつもりで、行きも帰りも四ツ手を奢《おご》り、たっぷりと丸一日、浅草猿若町《あさくささるわかちょう》で芝居三昧《ざんまい》……。

流石《さすが》に、桟敷席《さじきせき》とまではいかなかったが、それでも鶉枡《うずらます》（平土間席）を陣取り、中《ちゅう》食《じき》には芝居茶屋から幕の内弁当の極上《ごくじょう》を運ばせた。

誰が、あたしのことを遣手婆《やりてばば》上がりの、洗濯女と見るだろう。

ふふっ、きっと、商家のご隠居と見たのに違いない。

そう思うと、一層、溜飲《りゅういん》が下がるような想《おも》いであった。

だって、あたしにゃ、この程度の道楽しかないんだもの……。

いいさ、年に一度の贅沢《ぜいたく》じゃないか。そのために、飯盛女《めしもりおんな》の年季が明けてからも、あちこちの妓楼《ぎろう》で遣手婆を務め、現在《いま》も尚《なお》、あくせくと立場茶屋《たてばぢゃや》おりきの洗濯女をしているのだ。

金なら、あるでェ……。

この先何もせずとも、棺桶《かんおけ》に脚《あし》を突っ込むまで食っていけるだけの金は、たっぷりと溜《た》めてある。

だが、哀《かな》しいかな、とめ婆さんは根っからの貧乏性《びんぼうしょう》なのか、何もすることがないということほど、怖《おそ》ろしいものはない。

それより何より、人の輪に片脚を突っ込んでいなければ、舌の根が干上《ひあ》がってしまう。

とめ婆さんは他人《ひと》の欠点を探《さぐ》り出し、重箱の隅をつつくようにして、ねちねち、嫌みを言い募《つの》るのを、何よりの生き甲斐《がい》としていたのだった。

しかも、雀《すずめ》の涙ほどとはいえ、立場茶屋おりきから給金が貰《もら》え、これがまた、顎付《あごつ》き（食事付き）だというのであるから、堪《こた》えられない。

それで、立場茶屋おりきの洗濯女をするようになり、唯一《ゆいいつ》の贅沢として、年に一度、藪入《やぶい》りをする代わりとして、師走に入ると一日だけ暇を貰い、顔見世に通うようになったのである。

ふン、見なよ、誰も彼もが、忙《せわ》しげな顔をしくさって！

他人《ひと》があくせくしている最中《さなか》に、こうして、後生楽《ごしょうらく》に芝居見物をしてこそ、江戸者の粋《いき》っていうんだよ！

とめ婆さんは態《わざ》とゆっくりとした足取りで、南本宿の通りを歩いて行く。

行合橋で四ツ手を下りたのは、こうして、優雅《ゆうが》に闊歩する姿をそこら中の者に見せつけるためであったが、如何にとめ婆さんが面《つら》の皮が厚いといっても、茶屋の前で四ツ手から下りるのを、些《いささ》か憚《はばか》ったからである。

茶立女《ちゃたておんな》たちに見られたところで一向に構わない。

いや、いっそ見せたいくらいなのだが、女将《おかみ》のおりきにだけは、腹の中まで見透《みす》かされるようで、やはり、それだけは避《さ》けて通りたかった。

それに、今宵《こよい》は、裏店《うらだな》に帰って、寝るだけだもの……。
その前に、馴染《なじ》みの居酒屋で一杯ひっかけ、そこらの糟喰《かすくらい》（酒飲み）を相手に、音《おと》
羽屋《わや》の名調子を披露《ひろう》してやろうじゃないか。
知らざァ、言って聞かせやしょう。浜の真砂《まさご》と五右衛門《ごえもん》が、歌に残せし盗人《ぬすっと》の、種《たね》
は尽きねえ七里ヶ浜《しちりがはま》～～。
とうとう島を追い出され、それから若衆《わかしゅ》の美人局《つつもたせ》、ここやかしこの寺島《てらじま》で、小耳に
聞いた爺《じい》さんの、似ぬ声色《こわいろ》で小ゆすりたかり、名せェ由縁《ゆかり》の弁天小僧菊之助《べんてんこぞうきくのすけ》たァ、俺
がことだァ～～。
白波五人男《しらなみごにんおとこ》……。
何遍聞いても、ぞくりとするような口上《こうじょう》ではないか！
いいねえ、音羽屋、市村羽左衛門《いちむらうざえもん》！
とめ婆さんは浮かれ調子に口上を口ずさみ、妓楼の並ぶ横丁へと入って行った。
ほれ、小松楼《こまつろう》の遣手婆おこんの顔を見てみなよ。
めかし込んだあたしを見て、鳩《はと》が豆鉄砲《まめでっぽう》を食ったみたいな顔をしてるじゃないか
……。
それに、ほれ、湖月楼《こげつろう》の消炭《けしずみ》の、あの驚きよう！　籬《まがき》に向かって、何やら、目弾《めはじき》を

してみたり、耳こすりをしてるじゃないか……。

ああ、極上上吉《ごくじょうじょうきち》、たまんないよ！

が、湖月楼の前を通り過ぎ、菊水楼《きくすいろう》の張見世《はりみせ》へと差しかかると、とめ婆さんはおやっと格子《こうし》の中に目をやった。

張見世に並ぶ飯盛女の最後尾《さいこうび》に、菊哉《きくや》の顔を見たように思ったのである。

まさか……。

思わず、とめ婆さんは入り側に佇《たたず》む消炭を脇に押しやると、半籬《はんまがき》の中を覗《のぞ》き込んだ。

すると、その気配に、一斉に、女たちがとめ婆さんのほうを見た。

襟白粉《えりおしろい》を施《ほどこ》した、二十歳《はたち》前後の女《おな》ごたちである。

だからこそ、最後尾の女が一際《ひときわ》目立った。

どう見ても三十路《みそじ》過ぎで、疾《と》うの昔に水気を失ったその女は、他の女につられてとめ婆さんを見たが、あっと色を失い、慌てて目を伏せた。

やはり、菊哉のようである。

「とめ婆さんよ、おめえさん、ここにゃ、もう用はねえのと違うかえ？」

消炭が寄って来て、耳許《みみもと》で囁《ささや》いた。

粂三《くめぞう》という男である。

「粂、来な！」

とめ婆さんが粂三の袖《そで》を摑《つか》むと、表に出ろと顎をしゃくる。

「あの女、菊哉だろ？」

「えっ、ああ、そうだが、それがどうしてェ……」

「どうしたもこうしたもないさ。菊哉は五年も前に年季が明けて、確か、ここにいた頃言い交わした、屋根職《やねしょく》の男と所帯を持ったのじゃなかったのかえ？」

とめ婆さんがそう言うと、粂三は、ヘン、と鼻で嗤《わら》った。

「呆《あき》れ返《けえ》る、引っ繰り返るとは、このことよ！　あの女、所帯を持つはずのその男に、またもや、飯盛女に売り飛ばされちまったんだからよ」

えっと、とめ婆さんが息を吞《の》む。

が、ここは菊水楼の張見世の前である。

まさか、消炭を摑まえて、立ち話ともいかないだろう。

とめ婆さんはさっと見世の奥を窺《うかが》うと、粂三に耳打ちをした。

「おまえ、ちょいと暇を取れないかい？　丁度、喉《のど》もからついてきた頃だし、その先の、たら福という居酒屋で一杯引っかけようと思ってたんだが、なんなら、奢るよ。なっ、来なよ。現在《いま》の時間帯、消炭の出番はないだろう？　見世は遣手婆に委《まか》せておけばいいんだからさ！」

そう言うと、胸の間《あわい》から早道《はやみち》（小銭入れ）を取り出し、ぽんと叩いて見せる。

「えっ、いいのかァ？　俺なんかが馳走《ごち》になって……」

途端に、粂三の表情が弛《ゆる》んだ。

「いいってことよ！　御亭《ごてい》に訊《き》かれたら、このとめ婆さんに頼まれごとをされたとでも言っときな。文句は言わないだろうからさ」

「そりゃ、うちの御亭はとめさんにゃ頭が上がらねえからよ。なら、ちょいと、奥に断ってくるから、先に行って待っててくんな」

粂三がでれりと締《し》まりのない顔をして、見世の奥に引っ込んでいく。

とめ婆さんはふうと太息《ふといき》を吐《つ》くと、もう一度、張見世の奥へと視線を送った。

菊哉は俯《うつむ》いたままである。

遠目にも、如何にも痛ましいその姿に、とめ婆さんの胸がじくりと疼《うず》いた。

が、ふンとその疼きを胸の奥へと追いやると、とめ婆さんは再び歩き始める。

菊水楼こそ、嘗《かつ》て、とめ婆さんが源氏《げんじ》名《な》を菊丸《きくまる》と名乗り、飯盛女をしていた妓楼である。

哀しい涙、悔《くや》しい涙、辛《つら》い涙を、何度、あの籬の奥で流したことだろう。

だからこそ、とめ婆さんは少々のことではへこたれない強さを身につけ、逞《たくま》しくなったのである。

身に沁《し》みて金の有難味《ありがたみ》を感じ、以来、年季が明けてからも遣手婆をしてきたのは、金しか信用できなくなったからといってもよいだろう。

小松楼や湖月楼、それこそ、南北両本宿の名だたる妓楼を転々とし、最後に、菊水楼に引き抜かれたのも、何もかもが、とめ婆さんの遣手としての手腕と、冷酷ぶりを買われたからだった。

その最後に勤めた菊水楼で、面倒を見たのが、菊哉である。

若い頃から、日陰にひっそりと咲く、野菊のような女ごだった。

菊哉は常に他人《ひと》の陰へ陰へと隠れ、決して、自《みずか》らは前へ出ようとしなかったが、それでいて、一度《ひとたび》相手をしてもらった客は、その気扱《きあつかい》に感激してか、大概が裏を返す、そんな女ごであった。

が、なんといっても、ご面相《めんそう》がもうひとつ……。

決して、でいふく（醜女《しこめ》）とまではいかないが、全体に茫洋《ぼうよう》とした面差《おもざ》しをしていて、華《はな》がない。

それで、客も一度は裏を返すが、まず以《もっ》て、三度目はない。

が、そんな菊哉にも、年季明けがやってきた。

「おまえ、ここを出て、一体、どうするつもりだえ?」

とめ婆さんが訊《たず》ねると、菊哉はもじもじと口を窄《つぼ》め、客の屋根職をしている男が所帯を持とうと言ってくれているのだ、と答えた。

とめ婆さんは驚いたように目を点にしたが、同時に、やれ、と胸を撫《な》で下ろした。

他人《ひと》の欠点を論《あげつら》うことを至上《しじよう》の悦《よろこ》びとする、とめ婆さんにしては珍しいことだったが、何故《なぜ》かしら、菊哉のことが気懸《きが》かりでならなかったのである。

菊哉のように影の薄い女ごが、娑婆《しやば》に戻って、果たして、上手《うま》く身過ぎ世過ぎをしていけるのだろうか……。

他人《ひと》は水吐場《みずはきば》(遊里)にいたというだけで、目引き袖引き陰口を叩き、決して、自分たちと同類に見なさない。

それで、自棄《やけ》無茶《むちや》となって再び流れの里に舞い戻り、落ちるところまで落ちていった女ごを、とめ婆さんは嫌になるほど目にしてきたのである。

だが、良かった……。

菊哉のひっそりとした風貌《ふうぼう》や性質よりも、心根《こころね》の優《やさ》しさや、誰よりも気扱に長《た》けていることのほうを重視する、そんな男がいたのである。

それは、丁度、とめ婆さんが遣手婆から脚を洗う少し前のことで、永《なが》きにわたった遊里での生活の中で、初めて、とめ婆さんがすがすがしい想いに浸《ひた》った、そんな出来事であった。

それなのに、何故にまた……。

とめ婆さんには、どうにも、合点《がてん》がいかない。

が、気づくと、居酒屋たら福の前に着いていた。

とめ婆さんは気合いを入れるように姿勢を正すと、はらりと玉暖簾《たまのれん》を潜《くぐ》った。

「いゃ、いらっしゃい！　おっ、とめさんじゃねえか！　どうしてェ、やけにめかし込んじまってよ。こりゃ、雪にならなきゃいいがよ！」

長飯台《ながはんだい》のあちこちから、声がかかる。

滅法界《めっぽうかい》、気分がよい。

とめ婆さんは、いいかい？　と小女《こおんな》に目まじすると、小上《こあ》がりへと上がって行った。

「駆けつけ三杯だ。まっ、飲みな！」

とめ婆さんが粂三に酌《しゃく》をする。

「おっ、諸白《もろはく》（上酒）たァ、豪気《ごうき》じゃねえか」

粂三が舌なめずりをしながら、盃《さかずき》を口へと運ぶ。

「それに、おいおい、いいのかよ？　刺身に雪花菜《きらず》（おから）に鱈《たら》の雉子焼《きじやき》、田楽《でんがく》とよ……。まるで、盆と正月が一遍に来たみてェじゃねえか！　大丈夫《でえじょうぶ》かよ、こっちのほうは……」

粂三が指で輪を作って見せる。

「しみったれたことを……。委せときなって！」

とめ婆さんはこれ見よがしに、膨《ふく》らんだ早道をぽんと叩いた。

「今日はさ、あたしの藪入りなんだ。顔見世で半日たっぷりと音羽屋の顔を拝んでさ、夜はこうして大ご馳走！　年に一度の贅沢だもの、パッといこうぜ、パッとさ！」

「おっ、音羽屋か。いいねえ……。で、出し物はなんでェ。白波五人男か？」

「当た棒よ！　音羽屋といえば、弁天小僧菊之助よ。さて、その次は、江ノ島の岩本《いわもと》院《いん》の稚児《ちご》あがり、普段着《き》慣れし振袖《ふりそで》から、髪も島田に由比ヶ浜《ゆいがはま》……ってね。が、まあ、そんなことより、菊哉のことなんだが、もっと詳しい話を聞かせておくれよ」

とめ婆さんが金壺眼《かなつぼまなこ》を炯々《けいけい》と光らせる。

「詳しい話ったって、俺が知っているのは、年季が明けてここを出たのはいいが、三月《みつき》ほどで再び戻って来たってことだけでよ」

「舞い戻ったって……、おまえ、菊哉が所帯を持つはずだった男に叩き売られたと言ったじゃないか！」

とめ婆さんが甲張《かんば》ったように鳴り立てると、粂三は口に運びかけた盃を、慌てて飯台に戻した。

「菊哉から直《じか》に聞いたわけじゃなく、飽《あ》くまでも、噂《うわさ》だからよ。どこまで本当のことか分からねえが、聞いた話じゃ、屋根職をしていた男には妻子がいてよ。つまり、菊哉は騙《だま》されてたんだが、あいつ、一途《いちず》だからよ。しかも、江戸に身寄りのねえ菊哉には、他に頼る者がいねえ……。それによ、口先だけでも、おめえと所帯を持ちてェと言ったのはその男だけだったものだから、菊哉の奴、すっかり入れ込んじまってよ。男が住む裏店に自分も部屋を借りると、料理屋の下働きや手内職をして、なんとか立行《たち》しててたんだとよ。菊哉にしてみれば、一日に一遍でいいから、遠目にその男の姿が拝めれば、それでよかった……。なんとも、いじらしいじゃねえか。ところがよ、その男が屋根から落ちて、大怪我《おおけが》をしちまったというのよ。なんでも、腰の骨が砕《くだ》けたとかで、大層な外科《げか》施術《しじゅつ》を受けたそうで、莫大《ばくだい》な借金を作っちまってよ。それを伝え聞いた菊哉が、自分を飯盛女に売ってくれ、と申し出たらしい」

「なんと……じゃ、男に叩き売られたのじゃなくて、菊哉が望んで売られてきたというのかい？」

「まっ、そういうことになるんだろうが、傍《はた》から見れば、男に叩き売られたのも同然でよ。だって、そうだろう？　菊哉は男に洟《はな》も引っかけてもらえなかったんだぜ？　それどころか、男に騙されてたんだ……。何が、嬶《かかあ》にするかよ！　男がきれい事さえ言わなかったら、菊哉だって、そんな気になりはしなかったんだ。しかもだぜ、菊哉が男の作った借金を返済するために身を売ると申し出たとしても、普通、はい、そうですか、と言うか？　菊哉が女房というのなら、話は解《わか》るぜ。が、そいつは菊哉が惚《ほ》れてくれていると知って、手前勝手《てめえがって》に、利用しただけじゃねえか！　なっ、だから、菊哉は男に叩き売られたのと一緒なのよ」

条三は糞忌々《くそいまいま》しそうに毒づくと、手酌《てじやく》で、ぐいと酒を呷《あお》った。

とめ婆さんには、菊哉の気持が少しばかり解るような気がした。

菊哉が十八歳で菊水楼に売られてきたのも、下総《しもふさ》で海とんぼ（漁師）をしていた父親が、時化《しけ》で舟を失ったことが原因と聞いている。

「あたしの下に弟や妹が五人もいるんだもの、あたしが飯盛女になることで、おとっつんがまた舟を持てると思ったら、こんなに嬉《うれ》しいことはないの」

菊哉が身内のことについて語ったのは、後にも先にも、その一度だけである。

思うに、菊哉という女は、大切な人の役に立つことを至上の悦びとしていて、相手に恩も着せなければ、見返りも求めない。

年季が明けても下総に帰ろうとしなかったのも、帰れば、親兄弟が苦《にが》い想いを嫌でも思い出すのではなかろうか、とそう気遣《きづか》ったからに違いない。

屋根職の男も、唯一、菊哉には大切な男だった……。

夜ごと客に弄《もてあそ》ばれ、これまで身体《からだ》を通り過ぎていった男は数限りないが、たとえ口先だけの嘘《うそ》であったとしても、菊哉と真面《まとも》に向き合い、所帯を持とうと囁いたのは、その男だけだったのであろう。

その瞬間、男は菊哉の大切な存在となった。

だからこそ、この男のためになら、と身を挺《てい》することを本望《ほんもう》と思ったのである。

だが、菊哉が三月で菊水楼に戻って来たというのに、何故、今まで自分はそのことを知らなかったのであろうか……。

とめ婆さんは小女に徳利《とっくり》の追加を注文すると、粂三を睨《ね》めつけた。

「菊哉、今まで張見世に出てたかい？　あたしゃ、ちっとも、気づかなかったが

「……」

ああ……、と粂三が蕗味噌《ふきみそ》を嘗《な》めたような顔をする。

「あいつ、菊水楼に帰《けえ》ったのはいいが、半年もしねえうちに胸を患《わずら》っちまってよ。暫《しばら》くは、離れで療養してたんだが、そのうち、御亭が貧乏くじを引いちまったと不満を持つようになっちまってよ。身の代《しろ》の半分も元が取れねえうちに寝込まれたんじゃ、いい、おてちんだってね……。それで、菊哉が少し具合が良いと見るや、また、張見世に坐《すわ》らせる……。ところが、菊哉の奴、元々、影が薄いうえに、ああ青白《あおじれ》ェ顔をしてたんじゃ、余程物好きな客でねえと、振り向いてもくれねえ……。ところが、いい加減諦《あきら》めればいいのに、御亭も意地になっちまってよ。出したところで客なんてつきもしねえのに、ああして、張見世に坐らせてるのよ」

とめ婆さんの顔が、見る見るうちに険《けわ》しくなっていく。

「菊水楼の金兵衛《きんべえ》が！　あん畜生、何を考えてやがる……」

とめ婆さんはぶるるっと身体を顫《ふる》わせた。

「それで、菊哉の容態《ようだい》は？」

「あんまし、よくねえようで……。本当は、坐っているのも辛いようなんだが、消炭の俺にゃ、なんにも言えなくってよ」

「医者には診《み》せてるんだろうね？」

「いや、それが……」

「なんだって！　医者に診せていないというのかえ？」

「いや、一等最初は坂上良斎《さかがみりようさい》に診せたんだとさ。けど、あんまし薬料《やくりよう》が高直《こうじき》なもんだから、御亭がこのうえ菊哉に金がかけられるかって……」

「坂上良斎って、あの本陣《ほんじん》脇の？　てんごう言ってんじゃないよ！　薬料ばかり高くって、藪も藪、でも医者だと評判じゃないか。そんな医者に診せなくったって、南本宿には、内藤素庵《ないとうそあん》さまという立派な医者がいるじゃないか！」

「それが、素庵さまに診てもらうと、飯盛女の衛生管理や待遇改善と、病《やまい》以外のことで、あれこれと指導をするらしくってよ。御亭にしてみれば、煙《けむ》ったいばかりで……」

とめ婆さんは鼻の頭に皺《しわ》を寄せ、うむっと、腕を組んだ。

こうなれば、自分が菊水楼の御亭と渡引《わたりひき》をするまでだ。

つと、菊哉の儚《はかな》げな白い顔が、眼窩《がんか》を過《よ》ぎった。

このまま、菊哉を菊水楼で朽《く》ち果てさせるわけにはいかない……。

「よし、解った。あたしがなんとかしようじゃないか」

とめ婆さんは苦渋《くじゅう》に満ちた顔を上げた。

「なんとかするって……」

「だからさ、御亭に掛け合ってみるんだよ！」

粂三は挙措《きょそ》を失い、首を振った。

「滅相《めっそう》もねえ！　そんなことをしたって、あの御亭が一歩も譲《ゆず》るわけがねえ。女ごは金としか思っちゃいねえんだからよ。それは、遣手をしていた、とめさん、おめえさんが一番よく知ってるじゃねえか。一体全体《いってえぜんてえ》、どうしちまったというんだよ！　血も涙もねえのが売りだったおめえさんがよ、菊哉に情をかけるなんて、焼廻《やきまわ》っちまったんじゃねえのか？」

「ああ、焼廻っちまったさ！　焼廻って、それのどこが悪い？　生憎《あいにく》だったね、血も涙もないと言われたこのあたしも、焼廻っちまったお陰で、切ったら血の出る婆になったもんでね。幸い、金なら、てめえ一人じゃ使い切れないほどあるんでね。あたしが菊哉を身請《みうけ》すれば済む話じゃないか！」

菊哉を身請……。

思わず口を衝《つ》いて出た言葉であるが、そうだ、その手があったのだ！

三十路を廻って、再び、身売りしたのであれば、身の代はせいぜい二十両……。

いや、十両もあれば、足りるかもしれない。

菊水楼も素人《しろうと》を相手に渡引をするわけではないのだから、まさか、自分を相手に莫《ば》迦《か》は言わないだろう。

「えっ、おめえさんが菊哉を身請するだって？」

粂三が開いた口が塞《ふさ》がらないといった顔をする。

「ああ、そうさ。このとめ婆さんに二言《にごん》はない！　知らざァ言って聞かせやしょう。由縁の遣手婆とめたァ、あたしのことだァ！」

とめ婆さんが声を張り上げ、大見得《おおみえ》を切ってみせる。

聞き耳を立てていた長飯台の客が、一斉に、パチパチと拍手する。

とめ婆さんは長飯台に向けて、片手を上げた。

いっち、気持ちよかった。


翌日、いつもより早めに立場茶屋おりきに出ると、とめ婆さんは朝餉《あさげ》もそこそこに洗濯に取りかかった。

客用の浴衣《ゆかた》や敷布《しきふ》だけでも相当な量だが、洗ったり糊付《のりづ》けしたり、干すまでの作業に、優《ゆう》に一刻半《いっときはん》（三時間）はかかる。

そのうえ、干し上がった浴衣や敷布に鏝《こて》を当て、しわ伸ばしをしていくのだから、一日仕事といってもよいが、それでも、要領よく仕事を進めれば、一刻（二時間）ほどの暇が取れるだろう。

その暇を利用して、菊水楼の御亭と渡引をするつもりなのだから、とめ婆さんにしてみれば、気が気ではなかった。

が、なんとか、洗うところまで済ませ、干し場に向かおうとしたときである。

板場の水口から、甲張った声が飛んできた。

「てめえ、何をやってやがる！　追廻《おいまわし》の一等大切《てえせつ》な仕事は、板場の掃除、鍋磨《なべみが》き、手《て》拭《ぬぐい》や布巾《ふきん》の洗濯なんだ。なんでェ、この布巾の洗い方は！　染《し》みが落ちてねえじゃねえか。しかもよ、出汁《だし》を漉《こ》せと言ったら、つるりとした顔をして、まだ削《けず》りかすが浮いたような出汁を出しやがって！　要するに、おめえは何をやらせても、身が入《へえ》っていねえんだよ！」

煮方《にかた》の連次《れんじ》が追廻を相手にどしめいている。

とめ婆さんは興味津々《きょうみしんしん》とばかりに、目を輝かせた。

誰であれ、他人《ひと》が怒鳴られている現場に遭遇することほど、わくわくするものはない。

どうやら、叱《しか》られているのは、追廻の京次《きょうじ》のようである。

京次は旅籠《はたご》の追廻杢助《もくすけ》が彦蕎麦《ひこそば》に移った後に雇《やと》い入れた男だが、その後に入った年下の義平《ぎへい》が既に八寸場《はっすんば》や焼方《やきかた》の助手をしているのに、未《いま》だに掃除や遣《つか》い走りばかり……。

気《き》が利かない、仕事が雑だというのがその最大の理由のようだが、それでもと、連次が出汁の取り方くらいはと漉させてみたところ、どうやら、充分に漉されていなかったようである。

京次は傍目《はため》にも気の毒なほどに、潮垂《しおた》れていた。

「おめえよ、やる気があるのかァ？　おめえを見ていると、全く、苛々《いらいら》してくるぜ！何をやらせても、渋々とやっているようにしか見えねえからよ。そんなに嫌なら、板前修業なんて辞《や》めちまえ！　向いてねえんだよ、おめえには！」

連次が畳《たたみ》かけるように鳴り立てる。

永いこと焼方をやっていた連次が、煮方に昇格して、もう半年が経《た》つ。

板前にとって、煮方は板頭《いたがしら》（向板、花板）、板脇《いたわき》に次ぐ格付《かくづけ》である。

格付は料理屋によって微妙《びみょう》に違うが、立場茶屋おりきの場合は、板頭の巳之吉《みのきち》を頭《かしら》に、板脇の市造《いちぞう》、煮方、八寸場、焼方、油場《あぶらば》、追廻の順になっていた。

とはいえ、煮方は煮方の仕事をしていればよいのではなく、巳之吉の指示の下《もと》、焼方や八寸場の仕事も熟《こな》さなければならない。

が、一応、煮方と格付されたわけである。

連次としては、張り切らざるを得なかった。

というのも、煮方は出汁を使って煮焚《にた》きする、つまり、見世の味そのものが問われる、重要な役割を務めることになるからである。

魚や野菜といった、素材そのものの味をふんだんに活《い》かす味付けをしなければならないし、決して、何を食べても同じ味と思われてはならない。

その意味でも、煮方は見世の大黒柱といっても過言《かごん》はないだろう。

「おう、なんとか言ってみな？　そうけえ、おめえにゃ、口がねえのかよ！」

連次の胴間声《どうまごえ》が鳴り響く。

「いえ……。おいら、辞めてェんじゃねえ。板前になりてェんだ……」

ようやく、京次は鼠鳴《ねずみな》きするような声で、呟《つぶや》いた。

「板前になりてェだと？　だったら、もっと、気合いを入れてやりな。おめえはいつまでも追廻ばかりやらされて、面白くねえんだろうが、俺も板脇も、あの板頭だって、皆そうして、一歩ずつ、順序を踏んで上がってきたんだ。誰も、おめえが憎いわけじゃねえ……。おめえがもう少し気合いを入れて仕事をしてくれたらよ、義平や政太《せいた》、昇平《しょうへい》のように、下拵《したごしら》えや焼方の仕事も手伝えるんだ。解ったな？　だったら、出汁を漉すのは義平にやらせて、おめえは手拭や布巾を洗い直せ。清潔な布巾を使ってこそ、良い料理が作れるんだからよ。大切《てえせつ》な仕事と思い、気合いを入れな！」

連次はそれだけ言うと気が済んだのか、水口から板場へと入って行った。

おやまっ、もう終《しま》いかよ！

とめ婆さんは拍子抜《ひょうしぬ》けしたように、チッと舌を打つ。

が、何故かしら、安堵《あんど》したような想いがして、とめ婆さんは戸惑《とまど》ってしまう。

こりゃ、妙なことよ……。

これまでのあたしなら、これしきの小言を聞いたのでは物足りなく感じたというのに、一体、なんだえ、この安堵感は……。

参ったよ。こりゃ、本当に、焼廻っちまったんだろうか。

とめ婆さんは口の中でぶつくさ繰言《くりごと》を募り、干し場へと向かった。

その背を、京次が追いかけて来る。

「あのう、済みません！」

とめ婆さんが胡乱《うろん》な目を返す。

すると、京次はとめ婆さんの手から洗濯籠《せんたくかご》をさっと奪い、歩きながら、話しかけてきた。

「とめ婆さんは洗濯にかけては、玄人《くろうと》ですよね？　布巾の染みはどうすれば落ちるのでしょうか。俺、何遍も何遍も擦《こす》ったんだけど、どうしても落ちなくて……」

とめ婆さんが脚を止める。

「ふン！　つがもない。そんなことも知らないで、おまえ、よく追廻が務まるもんだよ。政太や昇平に訊かなかったのかい？」

とめ婆さんの金壺眼に睨めつけられ、京次が、いえ……、と後退《あとじさ》りする。

「何も教えてくれませんでした」

「教えてくれないって……。あたしはおまえのほうから教えを請《こ》うたのかと訊いてるんだよ！　なんだえ、その顔は……。狐《きつね》につままれたような顔をしちゃってよ。おまえねえ、お大尽にでもなったつもりかえ？　おまえのほうから兄貴分に頭を下げずして、誰が手取り足取り教えてくれようか。職人の世界なんて、そんなもんなんだよ！　頭を下げて教えを請うことも、修業の一つ……。おまえみたいに、果報《かほう》は寝て待てなんて気持でいたんじゃ、百年待ってたって、果報がやってくるどころか、爪弾《つまはじ》きをされるだけなんだよ！」

「………」

京次は今にも泣き出しそうである。

「なんだえ、その顔は！　おまえ、男だろうが！　しっかりしなよ。けど、おまえは誰にも訊かなかったんじゃないよね？　たった今、このあたしに染みの抜き方を訊ねたんだ。ああ、そうかい。じゃ、それに免じて、教えてやろうじゃないか……。耳の穴をかっぽじって、ようく聞きな。布巾や手拭というものには、食材から出た汁や醤《しょう》油《ゆ》、茶渋《ちゃしぶ》といったものが染みついている。それを、板場衆《いたばし》が水を漲《は》った桶《おけ》に浸《ひた》しておくのだが、それだけでは、大まかな汚れは落ちても染みは落ちない。それで、ここからが追廻の仕事となる……。おまえは何度も擦ったが、落ちなかったと言っただろ？　そりゃそうさ。水だけでは限度ってものがあるんだよ。だから、汚れの程度によって、米糠《こめぬか》や磨《と》ぎ汁、灰汁《あく》、無患子《むくろじ》の皮、皂莢《さいかち》の莢《さや》と使い分けるんだよ」

「無患子って、正月に突く、あの羽根突きの玉のことですか？」

「ああ、そうさ。果実の皮を砕いて布袋《ぬのぶくろ》に入れ、石鹼《せっけん》の代用とするのだが、これは、滅多《めった》に使わない。まっ、なんといっても、手っ取り早いのは、米糠や灰汁といったところだろうね」

とめ婆さんはそう言い、灰汁を洗濯用に使う場合は、米俵《こめだわら》一俵分の灰汁を一斗樽《いっとだる》に入れ、水を加えてかき混ぜ、その上澄《うわず》みを取って、二十倍に薄めて使うのだと説明した。

「米俵一俵の灰汁だなんて……」

京次が唖然《あぜん》としたように、息を呑む。

とめ婆さんは、ヘン、と鼻で嗤った。

「板場には、いつでも使えるように、上澄みを容《い》れた容器があるはずだよ。政太か昇平に訊いてみな。うちはね、板場用、洗濯用と、灰汁が大量に要《い》るからね。灰汁の中でも上物といわれる、稲の藁《わら》から取った灰汁を常備してあるんだ。それを、下足《げそく》番が上澄みを取るところまでやってくれ、板場や洗濯場に配ってくれるんだよ」

「では、皂莢は？」

どうやら、京次にも興味が湧《わ》いてきたようである。

改まったように、とめ婆さんの顔を覗き込む。

「ああ、これは板場には用がない。絹物などの上物を洗うときに使うだけだからね。まっ、灰汁に米糠、磨ぎ汁があれば、用が足りるだろう。しつこい染みには塩素というものを使うらしいが、これは、染み抜き屋専門だ」

「へえ……。解りやした。とめ婆さん、有難《ありがと》う！」

京次は素直に頭を下げた。

「そう、それだ！　たった今、そうして、あたしに頭を下げたように、板場衆にも素直に頭を下げるんだ。あたしは別として、立場茶屋おりきは板頭を筆頭として、皆、心根の優しい者ばかりだ。おまえが我《が》を張らずに折れて出れば、決して、悪いようにはしない……。あたしもこれまでさまざまな妓楼や料理屋を見てきたが、余所《よそ》の新人苛《いじ》めは半端《はんぱ》じゃないからね。新人なら、誰もが通る道、それに堪《た》えてこそ、一人前の板前になるというほどで、まっ、早い話、踏み絵みたいなものなのさ」

とめ婆さんは言いながら、またぞろ、尻こそばゆいような、そんな落着かない気分に陥った。

嫌だよ、あたしったら、柄《がら》にもなく、どうやらしいことを言っちゃってさ……。けど、口が勝手に動いちまうんだもの、しょうがない。

ええい、乗りかかった船だ、てんぽの皮！

とめ婆さんは腹を括《くく》ると、後を続けた。

「さっき、ちょいと小耳に挟《はさ》んだんだが、おまえ、板前になりたいと言ったよね？」

京次が頷《うなず》く。

「何故だ？　何故、板前になりたい。恰好《かっこう》がいいからか？」

「恰好だなんて……」

京次が狼狽《うろた》えたように、首を振る。

「あんちゃんが……。板前になるのは、あんちゃんの夢だったんだ。けど、ようやく、深川の山古《さんこ》に追廻として入ったばかりのところで、胸を患い、泣く泣く実家《さと》に帰《けえ》ったんだ……。俺、なんとか、あんちゃんの夢を継《つ》いでやりてェと思って、それで……」

京次が唇を噛《か》み、項垂《うなだ》れる。

「ほう、あんちゃんがねえ……。で、その後、あんちゃんはどうしてる？」

「現在《いま》は葛飾《かつしか》の親元にいます。けど、おとっつァんの話では、もう永くはねえそうで……。俺が一人前の板前になるまで保《も》たないのは解ってる。けど、俺が料理旅籠として江戸随一といわれる、立場茶屋おりきの追廻に入《へえ》れたと聞き、あんちゃん、涙を流して悦《よろこ》んでくれて……。それで、俺……、俺……」

「そうかえ、解ったよ。それで、おまえはあんちゃんの夢を代わりに果たそうと思った……。涙ぐましい話と言いたいところだが、それでは駄目だ。いいかい、あんちゃんの夢は、あんちゃんの夢！　決して、おまえが代わりにはなれないんだよ。だからだ、たった今から、一人前の板前になることを、おまえの夢とするんだ！　他人《ひと》のためじゃない、てめえのため！　そのためには、貪欲《どんよく》なまでに先輩から教えを請い、他人の技《わざ》を盗み取るんだ。それが、あんちゃんを悦ばせることになるんだからさ！」

京次の目に溢《あふ》れた涙が、粒となって、ぽとりと落ちた。

が、憑《つ》き物でも落ちたかのような顔をしている。

「解ったら、もう行きな。あたしもこんなことをしている場合じゃなかったんだ。ああ、忙しい……。とっとと、行っとくれ！」

とめ婆さんは子犬でも追い払うようにぞん気に言うと、再び、干し場へと歩いて行く。

その背に向かって、京次はぺこりと頭を下げた。


「解りました。では、中食に間に合うように、戻って来るというのですね」

おりきは留帳《とめちょう》を捲《めく》る手を止め、とめ婆さんを窺った。

「へえ……。昨日、丸一日休みをもらったばかりというのに、また、一刻ばかし旅籠を空《あ》けさせてくれというのは気が退《ひ》けるんだが、どうしても、菊水楼の御亭に逢《あ》わなきゃならない用があるもんでね」

とめ婆さんが畳に手をつき、上目遣《うわめづか》いに、おりきを見る。

「あらあら……。そんなに気を兼ねることはないのですよ。洗濯場はとめさんに委せているのですもの、とめさんの采配《さいはい》で、仕事を進めてもらって構いませんし、ほんの一刻ほど旅籠を留守にするくらい、どうということもないでしょう。けれども、おうめの話では、とめさん、朝餉もろくに食べなかったそうですね？　一刻ほど旅籠を留守にするために、それで、早めに午前の仕事を片づけたかったのでしょうが、また中食を食べ損《そこ》なうようなことになったのでは、身体に障《さわ》ります。極力《きょくりょく》、中食に間に合うように、戻って来て下さいね」

「へえ……」

とめ婆さんは深々と辞儀をすると、帳場を出た。

水口から裏庭へと出て、洗濯場のごた箱の中に隠した財布を懐《ふところ》の奥深くに仕舞《しま》うと、とめ婆さんは四囲を窺い、そろりと外に出た。

財布の中には、取り敢《あ》えず、十両入れてある。

夕べ、北馬場町《きたばばちょう》の裏店に帰り、早速、床下の塩壺《しおつぼ》に隠した金を数えてみた。

飯盛女の年季が明けて、かれこれ三十五年……。

遣手婆として、あちこちの妓楼を転々としながら、爪《つめ》に火を点《とも》すようにして溜めてきた金である。

が、久し振りに数えてみると、小判が十八枚に、二分金、小粒《こつぶ》（一分金）、小白《こじろ》（一朱銀）など、細金《こまがね》やざく銭を掻《か》き集めて、二十五両……。

こんなにとも、これだけとも思え、とめ婆さんは肩息《かたいき》を吐いた。

女郎《じょろう》に恨《うら》まれ、他人《ひと》から悪態《あくたい》を吐かれながらも、身を切るようにして、溜めてきた金である。

愛《いと》しくもあり、未練の残る金であった。

途端に、気が萎《な》えてきた。

菊哉のためにこの金を遣ったとして、これから先、あたしゃどうしたらいいのだろう……。

今までは、金を持っているという自負心《じふしん》からか、他人に疎《うと》まれようが、陰口を叩かれようが、寂《さみ》しくはなかった。

金が自分を護《まも》ってくれると思っていたのである。

それなのに、その金を失ってしまうと、自分はただの嫌われ婆さん、鼻つまみ者でしかない……。

とめ婆さんは思い屈《くっ》した。

いっそ、菊哉のことは知らなかったことにして、やり過ごそうか……。

正《まさ》な話、今日の今日まで、菊哉が菊水楼に舞い戻ったことを知らなかったのである。が、その刹那《せつな》、菊哉の白い顔が頭を過ぎった。

いいんやのっ！　知らなかったでは済まされない。もう、知ってしまったじゃないか！

それなのに、見て見ぬ振りをして、この先、あたしは胸を張って生きていけるだろうか……。

これまで、業突《ごうつ》く婆と蔑《さげす》まれながら生きてきたが、こんなあたしだって、一皮《ひとかわ》捲れば、並一通《なみひととお》りに紅い血が流れている。

誰にも振り向かれることのなかった菊哉に、せめて、あたしがついているよ、と言ってやることが出来たら、さほど遠くない将来、このあたしも人並に、しゃっきりと顎をあげて三途《さんず》の川が渡れるのではなかろうか……。

そうさ、金を持って死ねるわけじゃない。

遺《のこ》したところで、一体、誰を悦ばせる？

御《おん》の字よ！

たまに飲む酒代さえあれば、御の字よ！

老《お》い先短い、この生命《いのち》……。

せいぜい、年に一度、顔見世に行く金と、たまに飲む酒代さえあれば、御《おん》の字よ！

そう思うと、途端に気が楽になり、迷いが吹っ切れた。

それで、とめ婆さんは小判十枚を羅紗《らしゃ》の三つ折り財布に仕舞い、朝方、旅籠に来ると、洗濯場のごた箱の中に隠していたのである。

南本宿の菊水楼へと歩きながら、とめ婆さんはおりきのことを考えた。

何故、女将さんはあたしが菊水楼の御亭に何用があるのか、訊ねようとしなかったのだろう……。

常識的に考えれば、遣手婆から脚を洗った現在《いま》、わざわざ菊水楼に出向くのは、何か事情があると考えるのが、道理《ただ》であろう。

それなのに、おりきは敢えて質そうとしなかった。

まるで、とめ婆さんが昔馴染《むかしなじ》みと旧交を温めにでも行くかのように、しごくあっさりと、送り出してくれたのである。

洗濯場はとめさんに委せているのですもの、とめさんの采配で仕事を進めてもらって構いません……。

ああ……、女将さんはそこまであたしを信頼してくれているのだ。

とめ婆さんはおりきの言葉の中に、何があろうと、わたくしはおまえを信じていますよ、という意味が含まれていることを悟《さと》った。

もしかすると、女将さんはあたしが菊水楼の御亭に何を話すのかまでを、知っていなさるのでは……。

つっと、そんな想いが頭を過ぎったが、すぐに、まさか……、と否定した。

この自分でさえ、菊哉が菊水楼に舞い戻ったことを知らなかったのである。

第一、おりきは菊水楼に菊哉という飯盛女がいることすら知らない。

だが、勘《かん》の鋭い、おりきのことである。

これまで一度も古巣《ふるす》に近づこうとしなかったとめ婆さんが、今になって、突然、菊水楼に用があると言い出したのは、これは裏に何かある、と勘ぐったとしても不思議はない。

が、仮に、そうだとしたら、尚更《なおさら》、おりきの言葉は重くなる。

とめさんの采配で……。

ほんの一刻ほど旅籠を留守にするくらい、どうということもないでしょう……。

やはり、おりきはおまえを信頼しているから、やりたいようにやっておいで……、とそう言っているのである。

そう思った瞬間、未だ、とめ婆さんの胸で燻《くすぶ》っていた迷いが、完全に燃えつきた。

おりきが背中を押してくれているように思えたのである。

そうだ、菊水楼の御亭と話がついたら、おりきに何もかもを話そう。

菊哉を身請したとしても、これから先、病の菊哉をどうしたものか……。とても、自分一人の手には負《お》えない。

取り敢えず、北馬場町の裏店に連れ帰ったとしても、医者に診せなければならないし、仕事を持つ身の自分には、日中、菊哉の面倒を見てやれない。

その意味でも、おりきの知恵や協力が必要となるだろう。

いっそのやけ、あたしも洗濯女を辞めちまおうか……。

そうすれば、四六時中《しろくじちゅう》、菊哉の傍《そば》についていてやれる。

が、即座に、とめ婆さんはその想いを振り払った。

一度《ひとたび》、こびりついてしまった醤油の染みは、灰汁であろうがさらし粉であろうが、擦っても叩いても、完璧《かんぺき》に消すことは不可能である。

自分もまた、同様……。

仏心《ほとけごころ》に目覚めたとはいえ、それはほんの気紛《きまぐ》れにすぎず、半世紀近くも、海千山千《うみせんやません》の流れの里に身を浸してきた自分は、どう足掻《あが》いたところで、菩薩《ぼさつ》にはなれない。

そうさ、所詮《しょせん》、あたしは遣手上がりの、業突く婆……。

第一、他人の弱みを暴《あば》き、ねちねちと嫌みを募る、あの極上の至福を奪われたのでは、生きていく甲斐がないではないか！

菊哉を大切に思い、よくしてやりたいと思えばこそ、四六時中、傍についていてやるわけにはいかない。

それでなければ、菊哉に向かって、きっと、あたしは毒を吐いちまう……。

それだけは、なんとしてでも、避《さ》けて通らなければならない。

「なんと、おめえ、本当に来ちまったのかよ！」

菊水楼の門前で通りに水を撒《ま》いていた粂三が、とめ婆さんの姿を認め、泡《あわ》を食ったように駆けて来る。

「ああ、来たさ。このとめ婆さんに二言はないと言っただろうが！」

とめ婆さんはにっと嗤った。

「なんだって？　冗談も休み休み言いなよ！　銭を払って菊哉を買ったからには、煮て食おうが焼いて食おうが、てめえの勝手だって？　ああ、確かに、そうさ。蛇《じゃ》の道は蛇《へび》だ。同じ釜《かま》の飯を食ってきたあたしにゃ、言われなくったって、そんなことは解ってるさ。けど、それは、菊哉に客を取るだけの体力があって、初めて言える言葉だ！　病の菊哉を医者にも診せずに、おまえ、あの女を殺すつもりかえ！」

とめ婆さんが菊水楼の御亭金兵衛を睨《にら》みつけ、大声を張り上げる。

「とめさん、まあま、そう興奮するもんじゃねえ。一体《いってえ》、どうしちまったというんだい？　あたしゃ、切っても血が出ねえといわれた、おまえさんの口から、そんな言葉が飛び出すとは、思ってもいなかったよ」

金兵衛が弱り果てたように渋い顔をして、煙管《きせる》に煙草《たばこ》を詰める。

「生憎だったね。これでも、あたしは人間だ。おまえさん同様、切れば、ちゃんと血が出るんでね。あんまし無体《むたい》なことをされたんじゃ、黙っているわけにはいかないんだよ！」

「無体だなどと、それこそ、言いがかりもいいところ……。考えてもごらんよ。菊哉は三十路をとっくに過ぎた、まっ、言ってみれば、銀猫《ぎんねこ》（二朱で遊ばせる回向院《えこういん》前の売春婦）か舟饅頭《ふなまんじゅう》、夜鷹《よたか》にしかなれないような女ごだぜ？　だが、菊哉の奴、夜の巷《ちまた》を客引きして歩くことなど出来ない、なんとしてでも、古巣に戻りたいと泣きついてきたじゃねえか。それで、仕方なく戻してやったんだがよ、はン、まだ何ほども稼《かせ》いでねえというのに、労咳《ろうがい》持ちになりやがってよ！　それでなくても辛気《しんき》くさい女ごが病持ちだとは、馬鹿馬鹿しくって、泣く気にもなりゃしねえ……。とはいえ、あいつに遣った銭をいくらかでも取り戻さなくては、この道何十年の、この俺の面子《めんつ》が丸潰《まるつぶ》れだからよ！　まっ、ごく稀《まれ》に、ああいった一見蒲柳《ほりゆう》の質の女ごのほうがよいという、物好きな客もいるしよ……。おめえは何故菊哉を医者に診せなかったかと言うが、診せたさ！　診せた結果が、もう何をしたって手遅れで、せいぜい、滋養のある食い物を食わせ、安静にしていろと言うのだから、天骨《てんこち》もねえ！　一体《いってえ》、何様だというのだよ！　まだ幾らも元が取れていねえというのに、高直な薬料に、滋養のある食い物だって？　お大尽でもあるめえし、ふン、安静が聞いて呆れるぜ」

金兵衛は肝が煎《い》れたように、パァンと灰吹《はいふ》きに煙管の雁首《がんくび》を打ちつけた。

「だから、毎日、病の菊哉をああして張見世に坐らせてるってェのかえ」

「ああ、菊哉のほうから、そう申し出たんだよ。旦那さんに申し訳ない、自分に出来ることならなんでもして、一時《いっとき》も早く、借りを返したいと言ってよ」

「菊哉がそんなことを……」

とめ婆さんは絶句した。

如何にも、菊哉の言いそうなことである。

屋根職の男を助けるために身売りして、まだ何ほども菊水楼に借りが返せていないうちに病を得たことが、心苦しくてならないのであろう。

「金兵衛さん……」

とめ婆さんは金壺眼をきっと金兵衛に据《す》えた。

「菊哉の身の代を知りたいんだがね」

金兵衛は余程驚いたのか、あんぐりと口を開けた。

「身の代を知りたいって……。とめさんがそれを知って、どうするっていうのかい？

えっ、まさか、おめえさんがそれを払うっていうのじゃないだろうね！」

「払ったら、どうする」

「どうするって……。そりゃ、うちは疫病神《やくびょうがみ》が追い払えるんだ、こんなに悦ばしいことはないがね。えっ、まさか、本気で言ってるのじゃないだろう？」

「四の五の埒口《らちぐち》を叩いてんじゃないよ！　だから、身の代は幾らだえ！」

「十両だが……」

「十両？　冗談も大概《たいがい》にしな！　金兵衛さんよ、このとめ婆さんを無礼《なめ》るんじゃないよ！　あたしが何年遣手をやって来たと思う？　三十路過ぎの出戻りに、おまえさんが十両も払うわけがないじゃないか！　大方、切羽詰《せっぱつ》まった菊哉の足許を見て、七、八両に叩いたに違いないんだ。証文を見せな！　おっ、どうした、図星《ずぼし》をつかれて、顔色が変わったじゃないか！」

金兵衛が挙措を失い、視線を彷徨《さまよ》わせる。

「敵《かな》わねえな、とめさんにかかっちゃ……。実は、七両でよ。だが、言っとくが、あの女ごに七両でも、うちとしては、大盤振舞《おおばんぶるまい》だ。賭《か》けだったんだからよ」

「何が賭けだよ！　全く、抜け目がないったらありゃしない。ああ、解った。払おうじゃないか！」

とめ婆さんは懐の中から羅紗の三つ折り財布を取り出すと、小判を七枚、畳の上に並べた。

金兵衛が金箱の中から、証文の束《たば》を出す。

「ああ、これこれ……。これが、菊哉の証文だ。じゃ、この金は貰っとくぜ」

金兵衛が小判に手を伸ばす。

「待ちな！　身の代の七両を払って、これでもう、菊哉は菊水楼に借りはない。が、おまえさん、それでいいのかえ？　これまで、さんざっぱら扱《こ》き使ってきて、あれでも、菊哉には儲《もう》けさせてもらったんだろう？　その菊哉が病を得て、去って行こうとするのに、おまえ、見舞いのひとつもしてやれないのかよ！　一両とまでは言わない。が、せめて、小粒の一つでも包んでみな？　それでこそ菊水楼の御亭、とあたしも見直すんだがね」

金兵衛は小判の上に置いた手を硬直させていたが、そろそろと引き寄せると、腹を括ったかのように、一枚だけ、押し戻した。

「全く、おめえにかかっちゃ堪《たま》んねえや。見舞いだ。持ってけ！」

「おっ、豪気だね！　それでこそ、金兵衛さんだ」

そうして、菊哉の身請は決まった。

が、既に、刻《とき》は八ツ（午後二時）である。

立場茶屋おりきに戻らなければならないし、菊哉を北馬場町に連れ帰るにしても蒲《ふ》団《とん》や細々《こまごま》としたものの準備がいる。

それより何より、ことの成り行きをおりきに話さなければならなかった。

それで、今宵ひと晩、菊哉を菊水楼で預かってくれと頼み込むと、とめ婆さんは立場茶屋おりきに引き返した。

旅籠では、使用人たちの中食が始まったところだった。

「あっ、とめ婆さん、良かった、間に合ったんだね。女将さんが心配をしていなさったよ。朝餉もろくすっぽう食べていないのに、中食まで食いはぐれたんじゃ、身体に障るって……。ちょいと、帳場に顔を出しておいたほうがいいよ。中食の仕度をしておくからさ！」

女中頭のおうめが仕こなし顔に言う。

「そうだね。それがいいね」

とめ婆さんは素直に頷いた。

おうめが信じられないといったふうに、目を丸くする。

なんだよ、少しばかり殊勝《しゅしょう》な顔をすると、もう、これだよ……。

とめ婆さんは口の中でぶつくさ呟くと、帳場へと向かった。

「ただ今戻りました」

障子の外から声をかけると、おりきが中から返してくる。

「とめさん？　帰ったのですね。中食はお済みですか？」

「いえ、これから……」

とめ婆さんはそう言うと、思い切って、障子を少しだけ開けた。

長火鉢の傍に坐ったおりきが、えっと目で訊ねてくる。

「女将さん、実は、相談があるのですが、後で少し時間を作ってもらえないでしょうか」

「ええ、構いませんよ。今宵の夕餉膳《ゆうげぜん》の打ち合わせは済ませてありますし、泊まり客が見えるまでなら、いつでも構いません。とめさんの都合のよいときにいらっしゃいな」

「へえ」

とめ婆さんはそろりと障子を閉めた。

ここまで来たら、後はもう、流れに身を委せるだけ……。

鳩尾《みぞおち》の辺りが、ぶるるっと顫えた。


中食を済ませて洗濯物の乾《かわ》き具合を確かめると、とめ婆さんは帳場へと向かった。

帳場では、大番頭の達吉《たつきち》が帳簿を広げ、おりきと膝《ひざ》を交えて話し合っていたが、とめ婆さんを見ると、席を外そうかと、目まじして見せた。

とめ婆さんは一瞬迷ったが、達吉にも聞いてほしいと、首を振った。

菊哉を北馬場町に引き取るとして、これから先、何が起きるか……。

これまでは、年に一度、顔見世を観《み》る以外は立場茶屋おりきの洗濯場を離れることがなかったが、菊哉の容態次第では、ちょくちょく旅籠を空けることになるかもしれない。

そのためにも、大番頭には事情を知っていてもらいたかった。

とめ婆さんは菊哉が初めて菊水楼に売られてきた頃から、現在に至るまでを、洗いざらい話した。

「あたしとしたことが、鬼の目にも涙とでもいうのか、つい、仏心が出ちまったもんだから……」

とめ婆さんは面映《おもは》ゆそうに、怖《お》ず怖ずと、おりきを流し見た。

おりきの目が輝いているように見えたのは、涙を湛《たた》えていたからであろう。

おりきは胸の間《あわい》から懐紙《かいし》を出すと、そっと、目頭《めがしら》を拭《ぬぐ》った。

「とめさん、有難うね。よくぞ、菊哉さんを助け出して下さいました。わたくしね、今朝から、とめさんの様子を見ていて、これは何かあると感じていましたの。思い詰めているようで、けれども、どこかしら、今までのとめさんには感じなかった、ふわりとした温かいもので包まれているようなそんな雰囲気《ふんいき》に、もしかすると、とめさんの中で何か変化があったのでは……、とそんなふうに感じていましたの。けれども、ああ、このことだったのですね……」

「女将さん、あたし、差出《さしで》をしたわけじゃありませんよね？」

「差出であるはずがありません。誰かが菊哉さんを助けてあげなければ、あの方は、生涯、他人《ひと》に尽くすためだけに生き、薄暗い妓楼で生命《いのち》の果てる秋《とき》を待つことになるのですもの……。せめて、医者に診せ、滋養のある食べ物を食べさせてあげ、安静に身体を休めることをしなければ……。それより何より、とめさん、あなたが傍についていて上げることが、菊哉さんを励まし、支えてあげることになるのですよ。解りました。わたくしも協力の手を惜《お》しみません。早速、明日、わたくしが贔屓《ひいき》にしている四ツ手を頼み、菊哉さんを迎えにやらせましょう。無論、わたくしもとめさんも同行しましょうね。取り敢えず、素庵さまに見てもらおうではありませんか。その後、とめさんの裏店で静養することになるにしても、まずは、医者に診せるのが先決ですからね」

おりきがそう言うと、達吉も訳知り顔に、頷く。

「菊水楼は良斎さまに診せたというが、あの男は、藪で通っていてよ！　藪のくせして、目玉が飛び出るほど高直な薬料を取るってんで有名だからよ。だが、何故にまた、菊水楼では、素庵さまに診せようとしなかったのだろうか……」

達吉は言い差し、あっと、口を閉じた。

どうやら、内藤素庵が妓楼の御亭に疎《うと》まれていることを、思い出したようである。

「だがよ、菊哉を北馬場町の裏店に移すとしても、確か、おめえさんの部屋は六畳一間だと聞いているが、毎日、菊哉と鼻をつき合わせていて、それで大丈夫《でえじょうぶ》かえ？」

達吉がちらととめ婆さんを窺う。

「ああ、それは構わないんだ……。労咳持ちを気色《きしょく》悪いと思う者もいるだろうが、あたしゃ、この歳まで病らしき病をしたことがないもんでね。病のほうが、あたしをおっかながって、避けて通るんだろうさ。それに、労咳者を看病したからといって、皆が皆、移るわけじゃないだろ？　いい例が、彦蕎麦のおきわだ。おきわなんて、病の亭主の看病をしながら、毎晩、添《そ》い寝をしていたというじゃないか。それでも、風邪《かぜ》で寝込むようなことはなかったし、娘のおいねも健《すこ》やかに育っている……。それより、あたしが心配なのは、夜具が一組しかないことでね。女将さん、旅籠の蒲団で古くなったのがあったら、分けてもらえないだろうか。勿論《もちろん》、金は払います」

「とめさん、お金なんて要らないのよ。蒲団のことは、わたくしも考えていましたの。古くなった蒲団ではなくて、丁度、打ち直しをして、蒲団皮も新しくしたのがありますので、それを吾平《ごへい》に運ばせましょう。蒲団の他にも、浴衣や猿子《さるこ》、手拭……。そうだわ、茶碗《ちゃわん》や湯呑《ゆのみ》といったものも必要になりますね。安心なさい。菊哉さんが困らないだけの物を、ひと揃《そろ》え、届けさせますよ。それより、菊哉さんを身請するに当たって、とめさんが身の代を払ったと聞きましたが、一体、幾ら払ったのですか？」

おりきに見据えられ、とめ婆さんは、あわっあわっと言い淀《よど》んだ。

十両、と言いそうになったのである。

が、ここで見栄《みえ》を張ったところで、おりきには腹の底まで見透かされてしまう。

「七両……」

本当は、見舞いにと一両ふんだくったので六両であるが、これは飽くまでも見舞金であり、謂《い》わば、脅《おど》し取ったものである。

「まあ、七両……」

おりきは驚いたように目を瞠《みは》った。

それは、身の代としては下直《げじき》という意味なのか、それとも、三十路過ぎの出戻りで、おまけに、労咳持ちの女郎には高直だという意味なのか……。

が、達吉の反応は違った。

「身の代としては破格の値段と言いてェところだが、菊哉は理由《わけ》ありだからよ。本来なら、菊水楼ほどの妓楼なら、そんな女ごにはびた一文払わねえところを、七両でも払ったというのは、昔の誼《よしみ》というか、情というか……。てこたァ、菊水楼の御亭もまんざら爪長《つめなが》（吝嗇《けち》）ではなかったということか。だが、ひと口に七両といっても、大金だ。とめさん、よく、そんな大金を持ってたな。噂じゃ、小金を溜め込んでいるとか、夜な夜な数えているとか聞いてたが、どうやら、本当だったようだな」

達吉がひょうらかす。

とめ婆さんの顔から、さっと色が失《う》せた。

「達吉！」

おりきが鋭い目で達吉を制す。

「とめさんは永年《ながねん》辛い想いをしながら、ここ品川宿で働いてきたのです。贅沢のひとつ、したことがありませんよ。それもこれも、老後の蓄《たくわ》えと思ったからではないですか！　その大切なお金を、惜しげもなく、とめさんは菊哉さんを助けるために遣ったのです。敬服して頭を下げてもよいところを、そのように揶揄《やゆ》することは、このわたくしが許しませんからね！」

おりきはとめ婆さんに視線を移した。

「とめさん、わたくしはおまえさまを尊敬しますぞ。有難うね。けれども、これから先、何かあったら、わたくしに相談して下さいね。こんなわたくしにも力になれることがあるかもしれません。とめさんの傍には、常に、わたくしが控《ひか》えていることを忘れないで下さいね」

そう言うと、おりきはとめ婆さんの手を握った。

ごわごわとした、かさついた手だった。

とめ婆さんの抉《えぐ》れた目が、きらと光る。

「へえ……。解りました」

とめ婆さんは泣くまいと懸命に堪《こら》えた。

滅相もない！　泣くもんか……。

涙を奥へ奥へと呑み込んでいく。

そうして、なんとか一筋の涙も零《こぼ》すことなく堪えたとめ婆さんは、そろそろ洗濯物を取り込まなければと断り、立ち上がった。

「驚きやしたね」

とめ婆さんが帳場を出て行くと、達吉が仕こなし顔で、おりきを窺う。

「何がです？」

「とめ婆さんですよ。あいつ、一体《いってえ》、幾ら、溜め込んでいるんだろう……。まさか、有り金の全てを吐き出すとは思えねえから、四、五十両も溜め込んでいるのでやしょうかね？」

「そうやって、他人《ひと》の懐を読んで、どうするのですか！　とめさんはそんなに溜めてはいませんよ。恐らく、永年こつこつと溜めてきた大半を、此度のことで遣ってしまったのではないでしょうか。沢山ある中の七両は端金《はしたがね》だし、端金を菊哉さんのために遣っても、さほど腹は痛みません。けれども、とめさんの顔には、達成感や使命感、至福の表情さえ表れていました。それは、とめさんが菊哉さんのために有り金の大半を遣ったということではないでしょうか……。わたくしはそう思っています。実を言いますとね、とめさんが払ったという身の代を、わたくしが埋め合わせをしてもよいと考えていましたのよ。けれども、とめさんの気持に気づき、ここはひとつ、その気持を大切にしてあげようと思い直しましたの。わたくしがしゃしゃり出たのでは、とめさんの菊哉さんに対する想いを台なしにしてしまいますものね。ですから、別の方法で、とめさんを支えることにしました」

「別の方法とは？」

「恐らく、現在《いま》、とめさんは老後のためにと溜めたお金を遣ってしまい、心細くなっているはずです。ですから、お金がなくても、老後を案じることはないのだ、この立場茶屋おりきがついている、わたくしたちは皆家族なのだということを、現在《いま》以上に、解ってもらえるように尽くすつもりです」

「さあて、あの拗《す》ね者のとめ婆さんが、果たして、皆の輪に入ってくれるでしょうかね」

「入りますとも！　菊哉さんのことで、わたくしに協力を求めてきたことが、その証拠です。もしかすると、菊哉さんがとめさんに優しい人の心を取り戻させてくれたのかもしれませんね」

「菊哉がとめ婆さんに……。あっ、そうか、菊哉のことがなければ、とめ婆さんは未だに拗ね者の業突く婆……。成程《なるほど》、そういうことか……。そう言えば、鬼の目にも涙……。とめ婆さんの目が、珍しく、涙で潤《うる》んでいましたね」

達吉が納得したように、膝を打つ。

「では、帳簿の続きを始めましょうか」

おりきが促《うなが》すと、達吉が、ほい来た！　と算盤《そろばん》を手にする。

どうやら、板場も夕餉膳の仕込みに入ったようである。

俄《にわか》に活気を帯《お》びた板場から、板脇が追廻を鳴り立てる声が飛んできた。

「これは……」

菊哉を診察した内藤素庵は、険しい顔をして首を振り、おりきに診察室の外に出るようにと目まじした。

おりきの胸がきやりと高鳴った。

「素庵さま、はっきりとおっしゃって下さいませ。菊哉さんは……」

素庵の後に続いて廊下に出ると、おりきは怖々《こわごわ》と訊ねた。

素庵がうむっと腕を組む。

「では、はっきりと言おう。何故、菊水楼は菊哉の病がここまで悪化するまで放っておいた！　心《しん》の臓が弱っているし、熱も高い。あの状態では、もう永くは保つまい……」

おりきの胸がぎりぎりと軋《きし》む。

菊哉は発熱しながら、昨日まで、張見世に坐っていたのである。

「では、既に、手遅れだと……」

「そういうことだ。朝鮮人参《ちょうせんにんじん》を飲ませたり、滋養のある食べ物をという段階は、疾うの昔に過ぎている。取り敢えず、現在《いま》は、熱を下げることに努《つと》めるが、可哀相《かわいそう》だが、もう……」

素庵は辛そうに眉根《まゆね》を寄せた。

「では、菊哉さんをとめさんの裏店に移すのは無理だと？」

「莫迦なことを！　現在《いま》、動かしでもしたら、三日保つ生命《いのち》も、一日で終わってしまう」

「………」

おりきは息を呑んだ。

「うちでは表向き入院患者を取らないことにしているが、特別な場合に限り、急遽《きゆうきよ》、離れの書斎を患者に開け放つことにしている。それで、菊哉をそこに移し、今宵から、貞乃《さだの》に看病させることにするので、とめさんにはそのように伝えてくれ」

「貞乃さまが看病を……。でも、あの方は寺子屋で子供たちの相手をしなければなりません。そのうえ、夜分、病人の看病とは、それでは貞乃さまのお身体に障るのではありませんか？」

「なに、子供相手の手習なんて、日に二刻《ふたとき》（四時間）ほどのことだ。それに、これは貞乃が言い出したことなのだ。昨日も、伯父上《おじうえ》は何ゆえ重症患者を手許に置いて治療なさらない、と責められたばかりでよ。つまり、入院患者を取れということなのよ。

貞乃に指摘されるまでもなく、わたしもそう考えていたのだが、何しろ、人手が足りないうえ、そうなると、新たに病室を造らなければならないのでな。ところが、そう言うと、あいつ、患者の介護はわたくしがします、子供たちに手習を教えることも大切だが、まだ体力が有り余っている、それゆえ、生き甲斐を見つける意味でも、介護を務めたいのだ、と血相《けっそう》を変えていうではないか……。すると、計ったかのように、こうして、菊哉が運ばれて来た。介護人としての門出《かどで》がいきなり菊哉というのでは、貞乃も些か荷が重いであろうが、貞乃だけでなく、このわたしや代脈《だいみゃく》もついているからね。菊哉のことを考えれば、こうする以外にはないだろう」

「さようにございますか」

素庵の言葉に、おりきの迷いは払拭《ふっしょく》された。

が、とめ婆さんには、そんな道理は通らない。

「てんごう言ってんじゃないよ！　菊哉はあたしが連れて帰るんだ。あたしが面倒を見てやらないで、誰が見るっていうんだよ。だって、そうじゃないか！　菊哉を身請したのは、このあたしだよ。身請したからには、菊哉はあたしのもの！　あたしの傍に置いとくんだ」

とめ婆さんは殴《なぐ》りかからんばかりの剣幕《けんまく》で、髪を振り乱し、素庵に食ってかかった。

おりきが慌てて止めに入る。

「とめさん、どうか気を鎮《しず》めて下さいな。現在《いま》、菊哉さんを動かすことは出来ないのですよ。随分《ずいぶん》と衰弱《すいじゃく》していて、いつ、何が起きても不思議はない状態なのです。とめさんは菊哉さんに一日でも永く生きていてもらいたいと、そう言ってたわね？　それなのに、生命《いのち》を縮《ちぢ》めることになりかねないと解っていて、菊哉さんを動かせますか？　菊哉さんのことを誰よりも案じていたのは、とめさん、あなたではないですか」

とめ婆さんはあっと金壺眼を一杯に見開いた。

「菊哉が生命《いのち》を縮める？　嫌だ……。そんなこと、嫌だ……」

「そうよね？　ですから、素庵さまに菊哉さんを預けましょうよ。昼間は、素庵さまや代脈の方々が、そして夜分は、貞乃さまがずっと傍についていて看病して下さるそうですからね」

「貞乃さまが……。じゃ、あたしは？　あたしの出る幕なんてないじゃないか！」

「あら、出る幕がないなんて言わないで下さいよ。旅籠の仕事の合い間を縫《ぬ》って、ちょくちょく顔を出せばよいではないですか」

おりきがそう言ったときである。

診察室の外で待機《たいき》していた貞乃が、意を決したように入って来た。

「あのう、宜《よろ》しいかしら？　とめさん、夜分、ここでわたくしと一緒に菊哉さんを看病しませんこと？　実を言いますと、わたくしは介護人としてはまだひよっこで、書物での知識しかありませんの。それで心細かったのですが、とめさんが力を貸して下されば、これほど心強いことはありません。それに、日中は、わたくしには寺子屋の仕事がありますが、ですから、とめさんと交替で看病することになりますが、とめさんが傍についておあげになると、菊哉さんもお悦びになると思いますよ」

貞乃がふわりとした笑みで、とめ婆さんを包み込む。

とめ婆さんはきょとんとした目を返した。

「それはよい考えですわ。とめさん、良かったではありませんか！　ねっ、そうさせてもらいましょうよ」

おりきも微笑《ほほえ》みかける。

「あたしもここで一緒に……。じゃ、ここから立場茶屋おりきに通って、仕事が終わると、また、ここに戻る。えっ、そういうことなのかえ？」

「そうですよ」

「とめさんとわたくしは、旅籠に出る時刻が違うのですもの……。日中は、わたくしが旅籠に出ると、とめさんがここに戻り、わたくしがここに戻るのを見届けてから、再び、とめさんが旅籠に……。ねっ、これなら、いいでしょう？」

どうやら、とめ婆さんにもようやく納得できたようである。

「なんだ、そういうことか……」

とめ婆さんは照れたように、へへっと鼻を擦った。

急遽、病室に仕立てられた離れの書斎は、六畳に三畳ほどの次の間のついた、こぢんまりとした部屋であったが、書棚《しょだな》と文机《ふづくえ》があるきりで、次の間まで使えば、病室として充分に使えそうな広さだった。

菊哉は痛々しいほどに窶《やつ》れた身体を蒲団に横たえ、とめ婆さんに手を合わせた。

「とめさん、あたし……、あたし……。堪忍《かんにん》えェ……」

掠《かす》れた声で切々《せつせつ》と礼を言い、つっと、その頬を涙が伝った。

「菊哉の抜作《ぬけさく》が！　礼なんて言うもんじゃないよ。いいかい、しっかり食べて、元気になるんだよ。そうだ、元気になったら、二人で御殿山《ごてんやま》の花見に行こう！　おまえ、一遍でいいから、満開の桜を間近《まぢか》に見たいと言ってただろ？　現在《いま》、あたしが世話になっている立場茶屋おりきにね、巳之吉という、江戸随一の料理人がいるんだよ。巳之吉に頼んで、豪華な花見弁当を作ってもらおうじゃないか！　鳥目《ちょうもく》（代金）なんて心配しなくていいんだよ。このとめ婆さんの一世一代の大盤振舞だ。ああ、想像するだけで、胸が躍《おど》るようだよ。だから、菊哉、早く元気になるんだよ！」

とめ婆さんは枯れ木のように痩《や》せ細った、菊哉の手を握り締めた。

菊哉の目から、止め処《ど》もなく、涙が伝い落ちた。

その日、とめ婆さんは一度も立場茶屋おりきに帰ることなく、菊哉に付き添った。

そうして、翌日から、とめ婆さんは旅籠と病室を往復することになったのだが、そうなると、使用人の遣《や》り繰りに、おりきやおうめが頭を悩ますこととなった。

とめ婆さんに二刻半（五時間）近くも空けられると、洗濯が追いつかない。

それも、子守のさつきを洗濯場に駆り出してもまだ間に合わない始末で、改めて、誰もが、とめ婆さんの有難さを知ることとなったのである。

「なんと、とめ婆さんが一人で熟していた仕事だというのに、二人がかりでやっても、まだ追いつかないなんて……。けど、繰言を募ったってしょうがない。こういうときこそ、皆で力を合わせて凌《しの》がなきゃならないからさ！」

おうめの陣頭指揮《じんとうしき》の下《もと》、そうして、旅籠の女中ばかりか、茶立女や彦蕎麦の小女までが、交替で駆り出されることになったのである。

おりきは使用人たちのその姿を見て、胸を打たれた。

「わたくし、安心しましたわ。日頃から、わたくしたちは皆家族と言ってきましたが、皆の心の中にも、それがしっかと刻《きざ》み込まれていたのですものね」

おりきがそう言うと、達吉も感激したように、目を細めた。

「ああ、全くでェ……。おうめなど、日頃からとめ婆さんと反《そ》りが合わず、何かといえば、互《たげ》ェに悪態を吐いていたが、こうして文句も言わずに、とめ婆さんの穴を埋めてるんだもんな。それもこれも、誰もが、とめ婆さんの心意気に感動したからでよ。それで、奴らも、とめ婆さんを家族の一員に迎えてやろうという気になったのでやしょうね。けれども、この状態が永く続くようなら、うちも人手を増やさなければなりやせんね。で、その後、菊哉の容態は？」

おりきは辛そうに首を振った。

「それが、あまり良くないようですの。素庵さまの話では、年を越すのは無理だろうと……。とめさんが傍につきっきりで励ましているのですけどね、この頃では、喋《しゃべ》ることもままならない様子で、食事も殆《ほと》ど喉を通らなくなったそうですの」

「そいつァ、辛《つれ》ェな……。菊哉も辛ェが、とめ婆さんはもっと辛ェだろうな」

達吉は深々と溜息《ためいき》を吐いた。

とめ婆さんはおやっと手を止めた。

裏庭の籬から、小浜菊《こはまぎく》が一輪、ひっそりと、顔を出しているではないか。

こんなところに菊が……。

しかも、師走も押し迫った、こんな季節に……。

これまでは凡《およ》そ風流というものに縁のなかったとめ婆さんであるが、何故かしら、心がつき動かされ、敷布を洗濯籠に戻すと、憑かれたように籬へと寄って行った。

浜菊《はまぎく》よりやや小ぶりなところを見ると、やはり、小浜菊なのであろう。

白く楚々《そそ》とした花は、今朝方、開いたばかりのようである。

その刹那、ふっと、何か良いことが起きるような気がした。

というのも、今朝、菊哉が珍しく重湯《おもゆ》を啜《すす》り、笑顔まで見せてくれたからである。

少しだけ身体を起こしたいという菊哉を、とめ婆さんは背後から抱えるようにして、起こしてやった。

ほんの束《つか》の間《ま》のことであったが、菊哉はなんだか生き返ったみたいだと言い、笑顔を見せてくれたのである。

そうして、再び、蒲団に横たわると、金盥《かなだらい》を持って病室を出ようとしたとめ婆さんの背に、おっかさん、と呼びかけた。

おっかさん……。

とめ婆さんはと胸を突かれ、あっと振り返った。

が、菊哉はもう微睡《まどろ》んでいた。

だから、おっかさんと呼んだのが、とめ婆さんのことだったのかどうかは分からない。

とめさん、と呼ぼうとして呼び間違えたのか、それとも、夢うつつに、実の母親のことを呼んだのかもしれない。

だが、とめ婆さんの胸は、熱いもので一杯になった。

おっかさん……。

今まで一度も呼ばれたことのない言葉だが、なんと良い響きなのだろう。

とめ婆さんは旅籠に出てからも、何度も、その甘い言葉を思い出し、頰を弛めたのだった。

そうだ、この花を菊哉に持って帰ろう。

枕許に活《い》けてやり、こんなに寒くても、逞しく花を咲かせる菊もあるんだよ、とでも言ってやろうか……。

そうだ、お花見！

桜ではないが、菊哉と二人してこの菊を愛《め》で、菊見《きくみ》と洒落込《しゃれこ》もうじゃないか！

そう思うと、居ても立ってもいられなくなった。

とめ婆さんは息せき切ったように板場に走ると、水口の戸をガラリと開けた。

板場衆が一斉に振り返った。

連次が訝《いぶか》しそうな顔をして、水口に寄って来る。

「婆さん、どうしてェ」

「おまえじゃ駄目だ。板頭は？　あたしゃ、板頭に用があるんだよ！」

「板頭に用だって？　そりゃ、板頭はたった今魚河岸から帰《けえ》って来たばかりだが、婆さんが板頭に用とは、一体《いってえ》、なんでェ！」

「だから、おまえじゃ駄目だと言っただろうが！　早く、呼んどくれよ」

とめ婆さんの甲張った声が、板場の中に鳴り響く。

「なんだよ、騒がしいじゃねえか！」

八寸場のほうから、板脇の市造が出て来る。

「へっ、相済《あい》みやせん。それが、とめ婆さんが板頭に用があると……」

連次が気後《きおく》れしたように、首を竦《すく》める。

「板頭に用だって？　一体《いってえ》、なんの用だ」

市造の視線が、とめ婆さんを上から下へと舐《な》め下ろす。

「どいつもこいつも藤四郎《とうしろう》ばかりで、話になりゃしない！　だから、何遍言わせたら気が済むんだい。あたしゃ、板頭に用があるんだ。おまえらに言ったところで仕方がないんだよ！」

そこに、騒ぎを聞きつけた巳之吉が、奥から顔を出した。

「どうした？」

「へえ、この婆さんが板頭に用があると、じゃらけたことを言うもんで、今、追い返《けえ》そうとしていたところで……」

「このすっとこどっこいが！　じゃらけたことを言ってるのは、どっちだえ！　あたしゃ、板頭に用があると言ってんだよ」

巳之吉が苦笑しながら寄って来る。

「解ったぜ。聞こうじゃねえか。俺に用とは？」

とめ婆さんは勝ち誇ったように含み笑いをすると、巳之吉を睨めつけた。

「花見弁当を作ってほしいんだよ。二人前……。だが、言っておくが、そこらの下っ端《ぱ》に作らせた弁当じゃ駄目だ。板頭自らが丹精《たんせい》を込めた弁当でなくちゃ駄目だからね。

上等の、提重《さげじゅう》っていうのかえ？　あれに容《い》れた、お大尽でも食べるみたいな、そんな弁当でなくっちゃ駄目だからね」

「花見弁当だって？　また、随分先のことを……」

巳之吉がそう言うと、市造も連次も、ぷっと噴《ふ》き出した。

「先のことだって？　冗談じゃない！　今日だよ、今日、要るんだよ」

「なんだって、今日？　おまえさん、今日、花見をするってェのかよ！」

連次が素っ頓狂《とんきょう》な声を上げると、巳之吉がしっとそれを制した。

「今日でなきゃ間に合わない人のために、弁当を作れというのだな？」

巳之吉はとめ婆さんの心を察したのか、真剣な面差しで、睨めつけた。

「ああ……。鳥目はこのあたしが払うからさ。とにかく、目でも存分に愉《たの》しめる、そんな弁当を作っておくれ。それで、今から作ったとして、いつ頃出来るかい」

「何しろ、急なことだから、現在《いま》ある食材で作ることになるが、それでいいね？」

「ああ、構わないさ」

「じゃ、夕餉膳の仕度に入るまでに作っておくから、八ツ半（午後三時）頃に取りに来てくんな」

「あい、承知！　じゃ、頼んだよ」

とめ婆さんはくるりと背を返した。

背後で、市造が、板頭、そんな安請《やすう》け合いをしちゃっていいんでやすか？　女将さんに相談もしないで……、と鳴り立てているが、とめ婆さんはそんなことには構っていられない。

あの巳之吉なら、必ずや、見事な花見弁当を作ってくれるだろう。

それに、女将さんだって、きっと、異を唱《とな》えはしない。

だって、菊哉を悦ばせてやることなんだもの……。

残り少ない生命《いのち》だもの、恐らく、一口も喉を通りはしないだろうが、せめて目でだけでも、一足早い春を愉しませてやりたい。

それが、早晩《そうばん》訪れるであろう、菊哉の旅立ちへの餞《はなむけ》なんだもの……。

貞乃が旅籠から帰ってくるのと入れ違いに、とめ婆さんは旅籠へと急いだ。

恐らく、もう弁当は出来ているだろう。

旅籠に着いたら、真《ま》っ直《す》ぐ板場に出向き、弁当の出来栄《できば》えを確かめ、お代を済ませておこう。

弁当は夕餉膳に出すつもりで、菊哉には、今宵はおまえを悦ばせてやるから、期待していておくれ、と伝えてあった。

菊哉はまさか菊一輪で花見をするとは思っていなかったのだろうが、とめ婆さんの気持が伝わったとみえ、うんうんと頷き、目を輝かせた。

それからというもの、とめ婆さんの胸は充足感に溢れ、こうして旅籠へと歩いていても、つい、気負《きお》い込んで、脚より先へと身体が出てしまう。

旅籠に着いて板場の水口を潜ると、連次が待っていましたとばかりに、手招きをした。

「おう、遅《おせ》ェじゃねえか！　そのまま、ここの通路を通って、帳場に行きな。女将さんや板頭がお待ちかねだ」

連次に耳打ちをされ、とめ婆さんの胸がドォンと波打った。

まさか、叱られるのでは……。

そう思ったが、怖ず怖ずと帳場に廻ると、障子の外から、とめですが……、と声をかけた。

「とめさん？　待っていましたのよ。お入りなさい」

おりきの声がして、とめ婆さんがそろりと障子を開く。

「花見弁当を注文したのですってね。巳之吉がそれは見事な弁当を作ってくれましたよ」

叱られるのかと思っていたが、おりきは微笑みかけてきた。

おりきの傍に、達吉と巳之吉も坐っている。

「さあさ、どうしました？　弁当の出来栄えをごらんなさいよ。とめさんは提重をと注文をつけたそうですね？　けれども、うちの提重は瓶子《へしこ》のついた提重です。まさか、今日はお酒までは要らないのではと思いましてね、それで、二段の重箱に致しました。これですと、菊哉さん、とめさんばかりでなく、貞乃さまもご一緒できますでしょう？」

おりきはそう言うと、輪島塗《わじまぬり》の見事な重箱の蓋《ふた》を開いた。

「何しろ、急な話だし、季節も桜ぞめきどころか、年の瀬ときた……。それで、花見弁当というより、お節《せち》に近くなっちまったが、どうにか、雰囲気だけは出しておいたから、これで勘弁してくんな」

巳之吉が気を兼ねたように言う。

とめ婆さんは息を呑んだ。

一の重には、重箱の真ん中に青竹《あおだけ》の猪口《ちょこ》が配され、その中に、青々とした芹《せり》のお浸しが入り、その周囲《まわり》に、車海老《くるまえび》の吉野煮《よしのに》、鰻巻玉子《うなぎまきたまご》、鰤照焼《ぶりてりやき》、鴨《かも》の雉子焼《きじやき》、芥子蓮根《からしれんこん》、射込高野《いこみこうや》、平目《ひらめ》と細魚《さより》の手鞠寿司《てまりずし》……。

そのところどころに、薄紅色《うすべにいろ》に染めた百合根《ゆりね》の花弁《はなびら》を散らし、松葉や南天《なんてん》の紅い実が小憎《こにく》らしいほどの脇役を務めていた。

そして、二の重。

こちらは松花堂弁当《しょうかどうべんとう》ふうに仕切《しき》りで四つに区切られ、その一つに刺身《さしみ》……。

刺身は鯛《たい》、鰤、烏賊《いか》に大葉紫蘇《おおばしそ》、紅蓼《べにたで》、岩茸《いわたけ》、桜草が配してある。

そして、もう一つの仕切に、紅白膾《こうはくなます》、鱒味噌漬《ますみそづけ》、蟹砧巻《かにきぬたまき》、鮑《あわび》の柔《やわ》らか煮、黒豆松葉《くろまめまつば》差《さ》し……。

三つ目の仕切が、海老芋《えびいも》、堀川牛蒡《ほりかわごぼう》、人参《にんじん》、椎茸《しいたけ》、飛竜頭《ひりょうず》の炊き合わせで、やはり、ここでも侘助《わびすけ》の蕾《つぼみ》と葉が、さり気なく料理を引き立たせていた。

最後の仕切が、一口大に握った豆ご飯のお握り、小鯛笹巻寿司《こだいささまきずし》、奈良漬《ならづけ》……。

「なんと、まあ……」

とめ婆さんは感激のあまり、窪《くぼ》んだ目をしわしわとさせた。

「どうですか？　気に入りましたか？　些か量は少なめですが、女ご三人ですもの。

存分に目で愉しんでもらおうと思いましてね」

おりきがとめ婆さんの顔を窺う。

「気に入るなんてもんじゃ……。ああ、これが板頭の料理なんだね。しかも、わざわざ、菊哉のために作ってくれたと思うと……。ああ、勿体《もったい》ねえ、勿体ねえ……」

とめ婆さんは手を合わせ、大仰《おおぎょう》に腰を折った。

が、はっと思いついたように顔を上げると、懐の中から財布を取り出す。

「で、如何ほど払えばいいのかえ？」

おりきが慌てる。

「とめさん、何を言い出すのかと思ったら……。とんでもありません。これは、立場茶屋おりきから菊哉さんへの見舞いです。本当は、おまえさまが言い出す前に気づけばよかったのですが、菊哉さんはもう何も喉を通らないと思っていたものですから……。食べられなくてもいい、目で愉しませてやるのだという、とめさんの言葉を聞いて、わたくしは目から鱗《うろこ》が落ちたような気がします。ですから、気持よく、受け取って下さいね」

「これを、菊哉への見舞いだと、そう言われるんですね？　あたしゃ、そういうつもりで頼んだわけじゃないんだが……。じゃ、遠慮のう、頂いておきやす」

とめ婆さんがぺこぺこと飛蝗《ばった》のように腰を折る。

と、そのときであった。

入り側の障子から、甲張った声が飛んできた。

「女将さん、吾平でやす。そこに、とめ婆さんがおりやすか！」

達吉が障子を開けると、吾平が青ざめた顔をして、中を覗き込んだ。

「一体《いってえ》、どうしたってェ？　ああ、とめさんはいるがよ」

「たった今、素庵さまのところから遣いが来て……。菊哉の容態が急変したんで、すぐに来るようにと……。ハァハァハ……。あっしは婆さんが洗濯場にいねえもんだから、あちこち捜《さが》し回ってよ……」

どうやら、吾平は慌ててあちこちを捜し回ったらしく、すっかり、息が上がっている。

「なんだって！　菊哉が急変って、そりゃ、危篤《きとく》ってことか！」

とめ婆さんがあっとおりきを見る。

おりきは目で頷いた。

「とめさん、とにかく、急ぎなさい！　わたくしもすぐに追いかけます」

とめ婆さんは重箱にちらと視線を流した。

「大丈夫ですよ。弁当は末吉《すえきち》にでも届けさせます。それより、とめさんは一刻も早く、菊哉さんの元に！」

おりきに言われ、とめ婆さんはハッと我に返ると、あたふたと帳場を出て行った。

菊哉が危篤だなんて、そんな莫迦な……。

だって、あたしが旅籠に出るまでは、そんな気配なんてなかったじゃないか……。

とめ婆さんは板場の通路から水口を出るや、何かに憑かれたように、籬のほうに寄って行く。

小浜菊を……。

なんとしてでも、小浜菊を見せてやらなきゃ……。

ぶつぶつと独《ひと》り言を言いながら、籬の前に蹲《うずくま》る。

白く儚げな、一輪の小浜菊……。

夕闇《ゆうやみ》の中、それは一際弱々しく見え、一瞬、とめ婆さんの頭の中で菊哉の顔と重なった。

はっと、とめ婆さんは伸ばしかけた手を止める。

この菊を手折《たお》れば、その瞬間、菊哉の生命《いのち》が召されてしまうのじゃなかろうか……。

ああ、駄目だ、駄目だ。そんなこと、あたしには出来ない……。

とめ婆さんはそっと籬の傍を離れた。
菊哉、あたしが行くまで待っておくれ!
とめ婆さんは尻端折《しりつぱしよ》りすると、前後も忘れて駆け出した。
わっと涙が後から後へと衝《つ》いてくる。
とめ婆さんは人目を憚ることなく、おいおいと泣き声を上げた。
三十五年ぶりの涙であった。

初明かり

品川宿門前町《しながわしゅくもんぜんちょう》の表通りでは、十二月八日の事始めを機に正月準備に入り、十三日の煤払《すすはら》い、松迎え（門松《かどまつ》にする松を山から伐《き》り出す）、餅搗《もちつ》きが行われ、中には、正月にはまだ一廻《ひとまわ》り（一週間）もあるというのに、早々と門松や注連縄《しめなわ》飾りで店先を飾るお店《たな》もあった。

これは二十九日に餅搗きをすることを苦餅《くもち》といい、大晦日《おおつごもり》に正月飾りをすることを一夜飾《いちやかざ》りといって忌《い》むことから生まれた風習であるが、なんといっても、人々の心に年送りの雰囲気《ふんいき》が漂うのは、大晦日であろうか……。

店先に夕張提灯《ゆうばりぢょうちん》を立て、家族ばかりか店衆《たなし》までが一堂に揃《そろ》い、来年も長く発展するようにと願って晦日蕎麦《みそかそば》を啜《すす》り、年明けを待つのだった。

従って、この日の彦蕎麦《ひこそば》は、店先に暖簾《のれん》を出すと同時に、早速、応接に暇《いとま》がないほどの大忙しとなった。

「三番飯台《はんだい》の盛《も》りに鴨南蛮《かもなんばん》、まだ上がらないのかい？」

小女《こおんな》のおまちが板場に向かって大声を上げる。

すると、背後から、畳《たたみ》かけるように別の注文が入った。

「盛り三枚、掛け一丁!」

「ほい、盛り二枚、上がり!」

板場から声がかかり、おまちが待っていましたとばかりに、さっと膳《ぜん》に手を出そうとする。

「お待ちよ! それは一番飯台の盛りだよ。一番のほうが早く通っていたんだからね」

女将《おかみ》のおきわが慌てておまちを制す。

「けど、三番飯台の掛けはとっくの昔に出たんですよ。ほら、もう食い終わってるじゃないですか。あの人たちは連衆《つれし》なんだもの、盛りと鴨南蛮だけが出ないとなると、いつまで経《た》っても、三番飯台が空《あ》きませんよ!」

おまちが恨《うら》めしそうに唇を尖《とが》らせる。

「確かに、そりゃそうなんだけどさ。一番飯台は三番より先に注文を通してるんだ。後からきた客が先に食べたんじゃ、示しがつかないじゃないか。さっ、いいから、それは一番飯台に持って行くんだよ!」

おきわは気を苛《いら》ったように鳴り立てたが、その刹那《せつな》、胸の内がぎりりと痛んだ。

朝方、今日ばかりは天麩羅《てんぷら》や鴨南蛮といった変わり蕎麦の注文は受けないほうがよいのでは……と、そんな想《おも》いがちらと頭を過《よ》ぎったのである。

が、如何《いか》に大晦日が猫の手も借りたいほどの忙しさだといっても、盛りと掛けだけでは寂《さみ》しすぎる。

彦蕎麦が大晦日を迎えるのは、これで二度目……。

昨年は開店したばかりとあって、お品書きに盛り、掛け、鴨南蛮の三種類しか載《の》っていなかったので、なんとか大晦日の怱忙《そうぼう》を凌《しの》ぐことが出来たのであるが、幸い、現在《いま》の板場には、板頭《いたがしら》の修司《しゅうじ》もいれば揚方《あげかた》に与之助《よのすけ》もいて、追廻《おいまわし》の人数も増えている。

それなのに、晦日蕎麦の注文が日頃の三倍近くあるからといって、今日だけは変わり蕎麦の注文を受けるなと彼らに言うのは、どう考えても気が退《ひ》けた。

それで、ままよ、と見世《みせ》を開けたのであるが、蓋《ふた》を開けてみるや、天骨《てんこち》もない！

暖簾を出してまだ一刻《いっとき》（二時間）も経たないというのに、もうこの有様《ありさま》である。

この調子では、昼の書き入れ時は目も当てられない。

やれ……、とおきわが太息《ふといき》を吐《つ》いたそのときだった。

「天麩羅二丁、あられ（蕎麦）二丁、穴子《あなご》南蛮一丁！」

おかずがカタカタと下駄音《げたおと》を立てて板場脇まで来るや、注文を通す。

なんだって？　天麩羅にあられに、穴子南蛮だって！

おきわは慌てた。

「修さん、いいかえ？」

おきわは小走りに板場に入ると、修司の袖《そで》を摑《つか》み、洗い場のほうに引っ張って行く。

「女将さん、一体《いってえ》……」

修司は狐《きつね》につままれたように、目を瞬《しばたた》いた。

「おまえにゃ悪いが、今日だけ、天麩羅や変わり蕎麦の注文を断ろうと思うんだが、どうだろう」

「えっ……。じゃ、盛りと掛けだけってことでやすか？」

おきわが気を兼ねたように、上目《うわめ》に修司を窺《うかが》う。

「いえね、昼間だけでいいんだ。夕餉時《ゆうげどき》には酒も出るだろうし、客足も落着くだろうからさ」

「……………」

修司が圧《お》し黙ったまま、懐手《ふところで》に何か考えている。

「盛りと掛け、鴨蕎麦までならいいんだよ。けど、南蛮となると、葱《ねぎ》を焼いたりしなきゃならないからさ。あたしがこんなことを言ったんじゃ、板頭や揚方の沽券《こけん》にかかわることくらい重々承知《じゅうじゅうしょうち》で頼んでるんだ。けどさ、あたしとしては、今日ばかりは客の流れを円滑《えんかつ》にしたいんだよ」

おきわが縋《すが》るような目で、修司を瞠《みつ》める。

「解《わか》りやした。では、七ツ半（午後五時）までは、変わり蕎麦や酒の肴《さかな》は出さねえってことで……」

修司が憮然《ぶぜん》としたように言う。

案の定、どうやら修司は気分を害したようである。

だが、現在《いま》は、修司の機嫌《きげん》買いに走ってはいられない。

客の流れを円滑にし、どなたさまにも機嫌良く、晦日蕎麦を食べてもらわなければ……。

おきわは客席に戻ると、天麩羅や変わり蕎麦を注文した客に、頭を下げて廻った。

「なんだって！　今日は天麩羅蕎麦が作れねえって？　だったら、お品書きに書くなってんだよ」

「そうでェ！　せめて、今日だけは作れませんとかなんとか、断り書きでも貼《は》り出しときなよ！　注文を受けたくせして、今更、作れねえと言われてもよォ」

六番飯台の客が口を揃えて、不満を言い募《つの》る。

「申し訳ありません。当方の配慮《はいりよ》が足りず、迷惑をかけてしまいました」

おきわが恐縮《きようしゆく》して、何度も腰を折る。

「いいってことよ！　女将がこうして頭を下げてるんだ。それによ、晦日蕎麦といやァ、盛りか掛けと相場が決まってらァ！　それを、天麩羅だのあられだのと不気《ぶき》を言ったのは、俺たちだからよ」

小揚《こあ》げ人夫《にんぷ》ふうの男が宥《なだ》めると、連れの男たちも納得《なつとく》したように、まっ、しゃあねえか、と一斉《いつせい》に頷《うなず》く。

「じゃ、俺《おり》ャ、盛り二枚《にめえ》だ」

「俺ャ、掛けと盛り。おっ、鴨蕎麦なら出来るのかよ。そうけえ、じゃ、鴨蕎麦と盛りにしてくんな。おっ、おめえもそれでいいな？」

「いいや、てんごうを！　蕎麦といえば、盛りのもんさ。俺ャ、大盛りを一枚《いちめえ》くんな。が、言っとくが、蕎麦湯《そばゆ》も出ねえなんてことを言うんじゃねえぜ！」

「畏《かしこ》まりました」

おきわはほっと安堵《あんど》の息を吐く。

その間にも、入れ替わり立ち替わり、引きも切らずに客がやって来る。

おきわはおまちに、頼んだよ、と目弾《めはじき》をすると、水口を出て、立場《たてば》茶屋《ぢやや》おりきの裏庭へと急いだ。

彦蕎麦と旅籠《はたご》の裏庭とは四つ目垣で仕切られていて、枝折《しお》り戸の傍《そば》に、三吉《さんきち》がおきわの亡くなった亭主彦次《ひこじ》のために彫った石地蔵がある。

おきわは石地蔵にちらと目をやると、彦さん、これで良かったんだよね、と呟《つぶや》き、子供部屋を目指した。

恐らく、貞乃《さだの》はまだ来ていないだろう。

だったら、おきちにでも断り書きを書いてもらおう。少なくとも、金釘流《かなくぎりゅう》の自分より字は上手《うま》いはずである。

そう思い、子供部屋の板戸を開けると、文机《ふづくえ》の前に坐《すわ》った子供たちが、一斉に、振り返った。

貞乃の姿も見える。

貞乃は屈《かが》み込むようにしておいねの手習に朱筆《しゅひつ》を入れていたが、おやっと訝《いぶか》しそうに顔を上げた。

「おきわさんではありませんか。何か？」

「ご免なさいね。邪魔《じゃま》をするつもりはなかったんだけど……。でも、丁度良かった！貞乃さまがいて下さって……」

貞乃はふっと頰《ほお》を弛《ゆる》めた。

「さあ、どうぞ、お入り下さいな。菊哉《きくや》さんのことがあって、とめさんがあんな調子でしょう？　本人は気落ちなんてしていないといった顔をしていますけど、おりきさまが心配をなさいましてね。暫《しばら》くの間、さつきさんに洗濯場を手伝うようにとおっしゃいましてね。それで、わたくしも五ツ半（午前九時）にはここに来るようにしていますの」

「けど、貞乃さまには素庵《そあん》さまのお手伝いが……。宜《よろ》しいのですか？」

「幸い、現在《いま》は入院患者がいませんの。ですから、午前中から来る分には、一向に差し支《つか》えがありませんのよ。それで、わたくしに用とは……」

あっと、おきわは改まったように貞乃を見た。

「それが……。お嗤《わら》いにならないで下さいね。あたし、不文字《ふもじ》（字の読めない人）ってわけじゃないんだけど、蚯蚓《みみず》の這《は》いのたくったような下手《へた》な字しか書けなくて……。そんなんじゃ、とても他人《ひと》さまの前に出せる断り書きなんて書けやしない。それで、せめて、おきちにでもと思って覗《のぞ》いてみたんだけど、貞乃さまがいらっしゃるのなら、鬼に金棒だ！　申し訳ありませんが、ひとつ、書いちゃもらえないでしょうかね」

「断り書きとは、それは一体……」

「ええ、それがね……」

おきわはたった今彦蕎麦であったことを話した。

「七ツ半からは、常並《つねなみ》なお品書きに戻すんですよ。だから、昼間だけ。それも、大晦日の今日だけ……。簡潔な文章で、それも、客が気分を害さないような文章って、存外に難しいものなんですね。あたし、釘屋《くぎや》（金釘流）だというだけでなく、なんて書けばよいのか、それすら解らなくて……」

おきわが空恥《そらは》ずかしそうに、面伏《おもふ》せる。

貞乃は微笑《ほほえ》んだ。

「解りました。では、あまり仰々《ぎようぎよう》しくならないように、さらりとした断り書きにしましょうね」

貞乃はそう言うと、さらさらと半紙に筆を走らせた。

「誠《まこと》に勝手ながら、大晦日七ツ半まで、盛り蕎麦、掛け蕎麦、鴨蕎麦の三品だけにさせていただきます。店主敬白《けいはく》」

それは、女手《おんなで》の流れるような筆遣《ふでづか》いではなく、子供のおきちにもはっきりと読み取れる端正《たんせい》な楷書《かいしよ》で、おきわは改めて貞乃の気扱《きあつかい》に触れたように思い、ふっと目を細めた。

その頃、立場茶屋おりきの茶屋でも、朝から席の温まる暇《ひま》もないほどの忙しさとなり、茶立女《ちゃたておんな》たちが悲鳴を上げる寸前となっていた。

常なら、朝餉客《あさげきゃく》が一段落した四ツ（午前十時）ともなると、次の波（昼餉客）が押し寄せる九ツ（正午）近くまで、ほっとひと息吐ける空隙《くうげき》が訪れるのであるが、今日ばかりは牛の涎《よだれ》がごとく、後から後へと客がやって来る。

その殆《ほとん》どが、正月を翌日に控《ひか》えて東奔西走《とうほんせいそう》する担《にな》い売りや掛け取りの商人《あきんど》だが、そんな倉卒《そうそつ》とした中に、白装束姿《しろしょうぞくすがた》がちらほらと見えるのは大山詣《おおやまもうで》……。

二季の折れ目に大山詣が増えるのは、掛け取りから逃れるためだという節もあるほどで、これも年の瀬の風物詩の一つといってよいだろう。

だが、此《こ》の中《じゅう》、俄《にわか》に立場茶屋おりきが賑《にぎ》わうようになったのには、また別の理由があった。

ひと月ほど前から、茶屋のお品書きに釜飯《かまめし》が加えられたのである。

これは、茶屋の板頭弥次郎《やじろう》の発案であった。

常から、弥次郎は旅籠の板頭巳之吉《みのきち》に競争心を露《あら》わにしてきたが、そもそも料理旅籠と茶屋では、客層も違えば価格も違う。

当然、食材や器《うつわ》、料理にかける手間からしても雲泥《うんでい》の差で、弥次郎がどう足掻《あが》いたところで、競争にならない。

そのため、人の口端《くちは》に上り、絶賛を浴びるのはいつも巳之吉の料理で、いつしか弥次郎も巳之吉と競《きそ》うなど猿猴《えんこう》が月と諦観《ていかん》するようになっていたのだが、あるとき、おまきが何気なく放ったひと言で、目から鱗《うろこ》が落ちたような想いに陥《おち》った。

「そろそろ牡蠣《かき》が美味《おい》しい季節だよね。あたしが先《せん》に働いていた、岡崎《おかざき》の小間物屋《こまものや》の旦那さんは牡蠣に目がなくってね。冬場になると、大ぶりの土鍋《どなべ》で牡蠣飯を炊《た》かせるの。それを、土鍋ごと運ばせて、旦那さん自《みずか》らが茶椀《ちゃわん》に装《よそ》って食べるんだけど、お端女《はした》のあたしが手を出そうものなら、大目玉……。差出《さしで》をするもんじゃない、なんのために土鍋で炊かせたと思っている、自らの手で装って食うためじゃないかって……。他のことは何ひとつしないで、すぐ傍に急須《きゅうす》が置いてあっても、自分では注《つ》ごうとしない旦那さんがよ、人が変わったみたいに目尻をでれりと下げて、茶椀に装うんだもんね。しかも、三、四人分はあろうかと思う牡蠣飯を、独《ひと》りで、ぺろりと平らげてしまうんだよ。それだけ土鍋で炊いた牡蠣飯が美味しいってことなんだろうけど、ふふっ、お端女のあたしの口には、終《つい》しか、米の一粒も入らなかった……」

中食《ちゅうじき》を終え、茶立女のおまきが女中頭のおよねや同僚のおなみと、茶飲み話にそんな口っ叩きしているのを耳にしたのである。

「へえ……、牡蠣飯を土鍋でねえ。そりゃ、釜《かま》で炊いたのより美味しいかもしれないね」

「第一、土鍋だと、鍋ごと運んで行っても、様《さま》になるからさ」

「そう考えると、別に、牡蠣飯でなくてもいいんだね。茸《きのこ》や山菜を入れてもいいし、そうだ、浅蜊《あさり》を入れて、深川飯《ふかがわめし》もいいね！」

「ああ、いいな。あたしも食べたいな。小間物屋の旦那さんみたいに、土鍋を独り占めにしてさ！」

聞くともなしに耳に挟《はさ》んだ茶飲み話であったが、そのとき、弥次郎の脳裡《のうり》をある想いが過ぎった。

成程《なるほど》、土鍋で飯を炊けば、そのまま飯台に運んでも、恰好《かっこう》がつく。

寧《むし》ろ、そのほうが客には新鮮に映《うつ》り、熱々の飯を自分で装うことに、面白さを覚えるかもしれない……。

牡蠣飯に、具材豊かな炊き込みご飯……。

季節によって中に入れる具材を替えていけば、それはそれで、茶屋の売り物となるかもしれない。

弥次郎の心は逸《はや》った。

が、待てよ……。

そうなると、問題は土鍋である。

三、四人分、五、六人分の土鍋ならあるが、それだと単独の客には出せないし、第一、鍋を独り占めにするという醍醐味《だいごみ》が味わえない。

そうだ、一人用の土鍋を見つければよいのだ！

そう思い立ち、早速、弥次郎は魚河岸《うおがし》からの帰り道、日本橋界隈《かいわい》の瀬戸物屋や、浅草合羽橋《あさくさかっぱばし》付近の荒物屋《あらものや》を当たってみた。

ところが、鍋焼き饂飩《うどん》の土鍋があるにはあるのだが、もうひとつ、食指《しょくし》が動かない。

大きな土鍋で炊く分には違和感がないのだが、一人用の土鍋だと、何故《なぜ》かしら饂飩を連想してしまう。

どこか違うのである。

すると、最後に当たった三田《みた》の瀬戸物屋が、弥次郎の気持を察し、耳打ちしてくれた。

「うちの仕入れ先に、片口鉢《かたぐちばち》などを焼く陶工《とうこう》がおりますが、なんなら、頼んで差し上げましょうか？　注文をつけて、そちらさまの求める形に焼いておもらいになるのですよ。一つや二つというのなら、余りよい顔はしないでしょうが、大量にというのであれば、陶工も嫌とは言わないと思いますがね」

ぼた餅で叩かれるとは、まさにこのことである。

「勿論《もちろん》、商売用に使うのだから、一つや二つってこたァねえ。そうさなあ、破損することも考えて、最低五十個は必要かな？　とはいえ、値段にもよるがな」

弥次郎がそう言うと、瀬戸物屋の主人《あるじ》はぽんと膝《ひざ》を打った。

「よいてや！　あたしにお委《まか》せ下さいませ。その男は登り窯《がま》を焚《た》いていますが、一部屋つっくるみで買うので、格安にしろと掛け合ってみますよ。恐らく、良い返事をくれると思いますよ。何しろ、数が捌《は》けるのですからね」

登り窯の三部屋あるうちの一部屋を、こちらが注文した形の鍋で埋めてくれるというのである。

成程、そうすれば、土鍋一個の値段は格安となるだろう。

「だが、一部屋つっくるみ買ったとして、一体《いってえ》、何個になるのか……」

弥次郎が気後《きおく》れしたように言うと、瀬戸物屋の主人は嗤った。

「そりゃ、五十個なんてもんじゃありません。何しろ、こんな小さな鍋を登り窯の一部屋に詰めるのですからね。ですが、土鍋というものは、往々《おうおう》にして、毀《こわ》れやすいものです。商《あきな》いで使うのであれば、予備は多いに越したことはありませんからね」

それで、弥次郎の腹は決まった。

後は、女将のおりきをどう説き伏せるかだけだったが、弥次郎は説き伏せるというより懇願《こんがん》して、是非《ぜひ》そうさせてもらいたいのだが、と素直に頭を下げた。

「一人用の土鍋で炊き込みご飯とは、それはよい思いつきですこと！　弥次郎の気持は、よく解りました。これまでも、茶屋の板場は弥次郎に委せてきましたが、わたくしはおまえからそのような言葉が聞けて、嬉《うれ》しく思います。値段のことなど気にしなくてよいのですよ。登り窯の一部屋を買い占めるのですもの、きっと、格安にしていただけるでしょうし、予備を持っておくことは必要です。これで、茶屋にも名物が出来ましたね。季節によって、具材を次々に替えていけばよいのですものね。そうだわ、呼び名……。呼び名はどうします？　ただ、牡蠣飯、茸飯と呼ぶのでは、これまでと変わり映《ば》えがありませんものね。それより、釜飯はどうかしら？」

おりきはふと口を衝《つ》いて出た、釜飯、という呼び名が余程気に入ったとみえ、幼児のように目を輝かせた。

「釜飯……。そいつァいいや！　いっそ、土鍋の形を羽釜《はがま》の形に作ってみては……。それなら、炊き込みを入れても違和感がねえ！」

「羽釜の形……。そう、それですよ！　きっと、立場茶屋おりきの釜飯は、品川宿の名物となるでしょうよ」

それが、三月《みつき》前のことだった。

そうして、羽釜の形をした一人用の土鍋が焼き上げられてきて、次は、試行錯誤《しこうさくご》しながらの試作なのだが、のっけから頭を悩ますこととなったのが、竈《かまど》の問題である。

板場の竈は煮炊きや蒸《む》し、揚物で、常に塞《ふさ》がっている。

そこに、釜飯の注文が十個も入った日には、おてちんである。

それで急遽《きゆうきよ》、七輪《しちりん》の数を増やすこととなったのであるが、常に火を絶やさず、釜飯の炊き加減を見るためには、完全に、追廻一人の手が取られてしまう。

板場にしわ寄せが来ることは目に見えているが、そこは板場衆《いたばし》の心意気ひとつ……。

そうして、あの手この手と試《こころ》みた末、この季節、牡蠣飯、茸飯、生姜飯《しようがめし》、蟹飯《かにめし》と四種類の釜飯が出揃《でそろ》った。

そうして、一月《ひとつき》前、まずは試《ため》しにとお品書きに加えてみたところ、物珍しさからか忽《たちま》ち評判となり、朝餉膳そこのけで、朝っぱらから釜飯の注文ばかり……。

折敷《おしき》に釜飯、味噌汁《みそしる》、佃煮《つくだに》、香《こう》の物とつけ、銘々《めいめい》が茶椀に装って食べる趣向《しゅこう》が斬新《ざんしん》だったとみえ、来る客来る客、他人《ひと》の飯台を横目に、おっ、俺も同じものを、と注文するのだった。

しかも、朝餉膳ばかりではなかった。

中食時《ちゅうじきどき》になっても釜飯の注文が引きも切らず、酒肴《しゅこう》の出る夜分ともなると、刺身《さしみ》や煮物、焼き物で一杯引っかけた後、仕上げが、釜飯となるのである。

釜の蓋は、下足《げそく》番の吾平《ごへい》と末吉《すえきち》が造った。

当初は土鍋同様に焼物の蓋をと思っていたのだが、羽釜の形にすると伝え聞いた善《ぜん》助《すけ》が、呂律《ろれつ》の回らない口で、そ、そいつァ、似合わねえ、と呟いた。

それで、急遽、大工の棟梁《とうりよう》から廃材の杉を安く譲《ゆず》り受けてきて、善助の指導の下《もと》、吾平と末吉が寸暇《すんか》を惜《お》しんで造ったのである。

そんなふうにして、全員が力を合わせた結果、立場茶屋おりきの名物、釜飯が生み出されたのだった。

「七番飯台、牡蠣《かき》釜《かま》三丁、生姜一丁、蟹釜《かにかま》二丁！」

「三番、茸一丁、牡蠣釜二丁！」

「こっちは二番飯台、蟹釜三丁、牡蠣釜一丁！」

茶立女たちから次々に注文が通る。

「六番の牡蠣釜二丁、上がってるぜ！」

土間のほうから、七輪係となった追廻の又三《またぞう》が大声を上げる。

「あいよ！」

おくめが折敷を手に寄って行く。

おまきが奥から戻って来て板場に通すと、折敷に佃煮や香の物を載せていたおよねが、えっと訝しそうに目を上げる。

「四番飯台、煮奴《にゃっこ》一丁！」

「四番って、あの婆《ばあ》さんかい？」

ええ、とおまきが頷《うなず》く。

「ちょいと妙じゃないかい？　あの婆さん、一刻半《いっときはん》（三時間）も前に来たのに、後から連れが来るからと注文していなかったんだろ？　それが、ようやく注文したと思ったら、煮奴だって？　しかも、連れなんて来やしないじゃないか」

およねがおまきに耳こすりする。

「ええ、でも、ちゃんと注文したんだし……」

「そりゃさ、あんまし永《なが》いこと居坐《いすわ》ってるもんだから、気を兼ねたんだろうけど、こうして、誰も彼もが釜飯を注文してるってェのに、煮奴だって？　まっ、下直《げじき》なものを頼んだんだろうが、あの婆さん、銭を持ってるのだろうか……」

「そう言われても、あたし……」

「まっ、いいさ。後一刻もして、まだ動かないようだったら、あたしが声をかけてみるからさ」

およねがちらと四番飯台を流し見る。

六十路《むそじ》過ぎの老婆《ろうば》が傍目《はため》を避《さ》けるように肩を丸め、項垂《うなだ》れていた。

「鯖《さば》の味噌《みそ》煮《に》、上がったぜ！」

弥次郎の声がして、あいよ、とおよねが配膳口《はいぜんぐち》へと寄って行く。

おまきは恨めしそうに老婆に目を戻し、ふうと太息を吐いた。


「茶屋の釜飯が当たりやしたね」

大番頭の達吉《たつきち》が、宿帳に目を通しながら言う。

「そのようですね。弥次郎もこれで安堵《あんど》したことでしょう」

おりきは茶を淹《い》れながら、頬を弛めた。

「そりゃ、弥次郎にしてみれば、てめえの思いつきで、登り窯の一部屋丸ごと、一人用の土釜《どがま》を買い込んだというのに、日に一つや二つの注文しか入らねえようだと、目も当てられねえ……。注文が入らねえのは仕方がねえとしても、そうなりゃ、大量に買い込んだ土釜の始末を考えなきゃならなくなるからよ」

達吉の言葉に、おりきはくすりと肩を揺らした。

「ふふっ、吾平があの大量の土釜を目にして途方《とほう》に暮れ、大慌てで納屋を片づけていましたわね。一体全体、どこに仕舞《しま》えばいいのだろうかと……」

「が、心配するこたァありやせんでしたね。釜飯を始めてまだ一月《ひとつき》だというのに、板場ばかりか茶屋全体が悲鳴を上げたくなるほどの忙しさだ。それで、つい、扱いが荒くなるのでやしょうかね、日に二、三個は割っちまうというからよ。それを思えば、予備を大量に造っておいたのは、先見《せんけん》の明ともいえますな」

「土釜が割れるのは、扱いだけの問題ではありませんよ。殆ど素焼きに近い状態の土釜を直火《じかび》にかけるのですもの、脆《もろ》くて当然ですよ」

「では、女将さんは端《はな》からこうなることが解っていたと？」

「さあ、どこまで解っていたか……。けれども、陶工もそのことを気にして、随分と安い値で分けて下さったのですよ。まっ、考えてみれば、破損するほどよく売れているということですもの。寧ろ、有難《ありがた》いと思わなくてはならないでしょう」

「それはそうと、女将さんは現在《いま》出している釜飯の中で、どれが一番お好きでやすか？」

達吉が思いついたといったふうに、唐突《とうとつ》に訊《たず》ねる。

おりきは首を傾《かし》げ、暫し考えた。

「そうですね。それぞれに良さがあり、どれも美味しく思いましたが、強《し》いて挙《あ》げるならば、わたくしは茸飯でしょうか。いえ、生姜飯も捨てがたい味でしたね」

へえ……、と達吉が意外だといった顔をする。

「あっしはやはり牡蠣飯か蟹飯でやすがね。正《まさ》な話、弥次郎に聞いたところによると、牡蠣がだんとつに売れていて、続いて、蟹飯だといいやすからね。生姜に至っちゃ、牡蠣の十分の一も出ねえそうで……」

「そうかもしれませんね。けれども、生姜飯は他と比べて一見地味《じみ》に見えますが、香り高くてさっぱりとした、それでいて深みのある味が余韻《よいん》として残ります。殊《こと》に、この寒い時期には身体《からだ》が温まりますからね」

「成程、言えてらァ……。いけねえや、あっしは不粋《ぶすい》なもんだから、つい、目先の華《はな》やかさに目が向いちまうが、女将さんがおっしゃるように、確かに、芯《しん》から身体が温まりやすね」

達吉も納得したように頷く。

弥次郎は四種類の釜飯を試作すると、おりきや達吉に味見をしてくれと言ってきた。

それは、どれも甲乙つけがたく、各々《おのおの》に深みのある良い味を出していた。

まず、牡蠣飯……。

牡蠣が縮《ちぢ》こまることなくふっくらとしていて、磯《いそ》の香りも存分に伝わってきた。

弥次郎が言うには、牡蠣を醬油《しょうゆ》一、酒五、塩少々の割合の中に入れて火にかけ、八分目ほど火が通ったところで牡蠣を取りだし、その煮汁に昆布出汁《こんぶだし》を加えたもので米を炊き、炊き上がり寸前に、再び、牡蠣を戻してやるのだという。

成程、それで牡蠣がふっくらとしていて、ご飯のほうにも味が染みているのであろう……。

蓋を開けた瞬間に、つんと磯の香りが鼻を衝き、刻《きざ》んで上に散らした芹《せり》が、目に爽《さわ》やかさを運んでくる。

そして、茸飯……。

これも作り方は牡蠣飯とほぼ同じだが、違うのは、米に八分の一ほどの餅米《もちごめ》を加えてやることと、茸の煮汁が随分と薄味となっていることであろうか……。
茸の香りが立ち、最後に散らした柚子《ゆず》が実に清々《すがすが》しく、色目も良い。
次に、生姜飯だが、これほど素朴《そぼく》な炊き込みがあるだろうか……。
何しろ、油抜きした油揚《あぶらあげ》と生姜のみじん切りしか入っておらず、どう見ても地味に
しか思えないが、蓋を開けると、生姜の香りと上に散らした三つ葉の香りが野に吹く
風を想わせ、懐《なつ》かしささえ覚える逸品《いっぴん》である。
そして口に含んだときの、あの驚き……。
上品な味が口の中いっぱいに広がり、ふわりと温かい気持にさせてくれるのだった。
蟹飯は些《いささ》か蟹の味が立ちすぎたきらいがあるが、湯がいた小松菜《こまつな》の緑と蟹の薄紅色
が、どこかしら食を進ませてくれるようだった。
「そう言えば、巳之吉も生姜飯のことを女将さんと同じように評していやしたね。飽《あ》
きのこねえ味で、お袋の懐《ふところ》に抱かれてるみてェだ、釜飯の中に生姜飯を加えた弥次郎
の思いつきには頭が下がる、俺ならこうはいかなかったと……」
「まあ、巳之吉がそんなことを……」
「滅法界《めっぽうかい》、感心していやしたぜ。まず、茶屋の目玉に釜飯をと思う弥次郎の思いつき
に感服したってね……。それを聞いて、あっしも胸を撫《な》で下ろしやした。このところ、

俄に弥次郎の株が上がったものだから、あっしは巳之吉が面目《めんぼく》を潰《つぶ》されたと思ってるんじゃねえかと案じていやしたが、天骨もねえ！　巳之吉は心《しん》から弥次郎のことを褒《ほ》め称《たた》えていやしたからね」

達吉の言葉に、おりきはぷっと噴《ふ》き出した。

「まあ、大番頭さんたら、巳之吉が弥次郎に肝精《きもせい》を焼くとでも思っていたのですか？　そんなことがあるはずがありません。旅籠と茶屋とでは、端からお客さまにお出しする料理が違うのですよ。各々が置かれた立場で、お客さまに悦《よろこ》んでいただける料理を作っているのです。決して、競い合っているわけではありません」

「へえ、まっ、そりゃそうなんですが……」

達吉は余計なことを言ったとでも思うのか、へへっと月代《さかやき》に手を当てた。

「ところで、松風《まつかぜ》の客でやすが、今日でもう三日も居続け……。明日は正月だというのに、このままにしていてよいものでやすかね」

湯呑《ゆのみ》を口に運ぼうとしていたおりきも、ああ……、と眉根《まゆね》を寄せる。

「お連れさまの具合が随分と悪そうなのですもの、仕方がありませんね」

「壬生平四郎《みぶへいしろう》さまと美波《みなみ》さまは、本当に姉弟《きょうだい》なのでしょうかね。伏見《ふしみ》の井筒屋《いづつや》の紹介というのでお受けしやしたが、ここに着いてすぐに平四郎さまが病《やまい》の床に就《つ》かれてしまい、今日でもう三日……。まっ、幸い、旅籠のほうは年末年始は予約客も少なく、うちは構わねえというものの、あの二人、なんだか理由《わけ》ありのようで、あっしは少しばかり引っかかっているのでやすがね」

達吉が仕こなし顔におりきを見る。

「大番頭さんは鳥目《ちょうもく》(代金)のことを気にしているのですか? それなら、心配には及びません。井筒屋さまから壬生さまの書出《かきだし》(請求書)を廻すようにと文を頂いています。信頼するより仕方がないではありませんか。それに、あの方たちは確かに姉弟ですよ。単なる勘《かん》に過ぎませんが、わたくしはそう思っています。それに、大番頭さんは理由ありとお言いですが、理由があるからこそ、こうして年も押し迫った最中《さなか》、遥々《はるばる》、京から江戸へと旅をしておいでなのです。わたくしたちはその旅のお手伝いをするだけで、目的が何かなどと詮索《せんさく》するものではありません。それこそ、僭越《せんえつ》というものではありませんか! それより、わたくしが心配しているのは、平四郎さまのお熱が下がらないこと……。素庵さまの話では、旅の疲弊《ひへい》が重なり、風邪《かぜ》を拗《こじ》らせてしまったようだが、肺炎を併発《へいはつ》するところまでいっていないので、温かくして安静にしていれば、あと二日もすれば平熱に下がるだろうということです。けれども、さあ、体力がどうでしょう。旅を続けるだけの体力を取り戻すには、もう暫くかかるのではないでしょうか」

おりきがそう言うと、達吉は留帳《とめちょう》をぱらぱらと捲《めく》り、大丈夫《でえじょうぶ》でやす、と答えた。

「正月三が日の予約は、二日に三組、三日が四組となっていやすが、松風は空いてやすぜ。まっ、毎年、正月は暇ですからね。恐らく、もう、このまま予約は入《へえ》らねえのでは……」

「わたくしがこんなことを言うのも妙ですが、丁度、現在《いま》の時期でよかったこと……。これがもう少し前か後でしたら、五部屋全てが塞がってしまい、壬生さまが居続けをなさろうにも叶《かな》わなかったのですものね。かといって、この寒空の下《もと》、病のお客さまを追い出すわけにもいかず、さぞや、頭を悩ませたことでしょうよ」

「さいですね」

「大番頭さん、今何刻《なんどき》ですか？」

「さあて、そろそろ四ツ半（午前十一時）になりやすかね」

「茶屋が忙しくなる頃ですね。では、おうめに女中たちの何人かを茶屋の手伝いに廻すようにと伝えて下さいな」

「あい、承知！　おうめはとっくの昔にその気になっていやすよ。足手纏《あしでまと》いにならなきゃいいが、と寝惚《ねぼ》けたことを言ってやしたからね」

達吉がぽんと手を打ち、板場へと出て行く。

困ったときには、相身《あいみ》互《たが》い……。

こうして、茶屋も旅籠も、無論、彦蕎麦も、皆一つになって、家族のように支え合っているのである。


八ツ半（午後三時）にもなると、先刻まで喧噪《けんそう》としていた茶屋も、幾分、平常に戻ったように思える。

といっても、それは土間で空席待ちをする人の姿が減ったというだけで、大広間には、未《いま》だ空席一つ見当たらない。

「おうめさん、助《す》けてくれて有難うね。流石《さすが》は旅籠衆《はたごし》だよ。呑《の》み込みが早くて、打てば響くように動いてくれるんだもの、大助かりだ」

茶屋の女中頭およねが、おうめに礼を言う。

「少しは役に立っただろうかね。足手纏いになるんじゃないかと心配してたんだが……」

おうめが言うと、およねは大仰《おおぎよう》に手を振ってみせた。

「足手纏いだなんて、とっけもない！　気扱に長《た》けていて、茶屋の女衆《おなごし》に爪の垢《あか》を煎《せん》じて飲ませたいくらいだよ。けど、そろそろ旅籠衆も中食を摂《と》る時刻だろ？　いいから、上がって下さいな。後は、茶立女だけで廻していけそうだから……」

「そうかえ。けど、後一刻もしたら、再び、夕餉客《ゆうげきやく》で混み合うんだろ？　なんなら、その時刻に、また誰かを寄越《よこ》そうか？　茶屋と違って、旅籠は今日明日が暇なんでね」

「滅相《めっそう》もない！　もう本当に充分だから……。夕餉時は昼餉時に比べて大したことないからさ。酒を飲む客が多いだろ？　長っ尻《ちり》ばかりで、その分、あたしたちも少しは楽が出来るってもんでね」

「そうかえ。じゃ、人手《ひとで》が要《い》るようなら、遠慮なく声をかけなよ。あたしたちはひとまず旅籠に帰っているからさ」

おうめが旅籠の女《おな》ごたちを連れて、引き上げようとしたときである。

およねが意を決したように、おうめの手を握り、板場脇へと引っ張って行く。

えっと、おうめは訝しそうにおよねを見た。

「実は、どうしたものかと迷っていたんだけど……。おうめさんも気がついただろうけど、四番飯台のあの婆さん……。見世を開けると同時にやって来たんだけどさ。人を待ってるからといって、煮奴を注文しただけで、ああして、かれこれ三ッ半（七時間）近くも坐り込んじまってさ。待ち人なんて一向に来る気配がないし、この按配《あんばい》じゃ、一日中居坐られそうでさ……。やはり、事情を質《ただ》すか、お引き取りを願ったほうがいいんだろうか……」

およねが困《こう》じ果てたような顔をする。

おうめは四番飯台の老婆に、ちらと目をやった。

半白《はんぱく》となった髪をしの字髷《まげ》に結い、銀鼠《ぎんねず》の鮫小紋《さめこもん》に黒地の丸帯《まるおび》を締《し》め、なかなかどうして、品の良い面立《おもだ》ちをしている。

注文した煮奴にも、手をつけた様子がなかった。

「事情を質すかとは、じゃ、まだ誰も話しかけていないのかい？」

おうめが驚いたといった顔をする。

「いえね、あの飯台はおまきの担当なんだが、注文を取りに行くと、人を待っている、と言うじゃないか。それで、連れが来たら注文するのだろうと思っていたんだが、一刻半経っても、誰も来やしない……。それで、おまきがもう一度注文を取りに行ったのさ。そしたら、注文するにはしたんだが、煮奴一つ……。しかもよ、箸《はし》をつけようともしないじゃないか！　そうこうするうちに、ほら、昼餉客がどっと入って来て、おうめさんが見たように、てんやわんやの大忙し！　婆さんなんかに構っちゃいられなかったんだが、こうして一段落ついてみると、このままにしていてよいものだろうかと思っちゃってさ。おまきには落着いたらあたしが話をつけるからと言ったんだが、一体、どう切り出せばよいんだか……」

「茶屋番頭には相談したのかい？」

いえ……、とおよねが口籠《くちご》もる。

「相談したところで、どうせ、大広間のことはおまえが仕切らないでどうするかって、木で鼻を括《くく》ったようにあしらわれるだけで、結句、あたしの責任にされちまう！　婆さんが食い逃げでもしたというのなら、そこで初めて、茶屋番頭のお出ましとなるんだけど、まだ、金を払わないと決まったわけじゃないからね」

およねが縋るような目で、おうめを見る。

「そうだよね。婆さんに事情を訊《き》こうと思ったって、見世がこんなに立て込んでたんではね。他の客に筒抜《つつぬ》けだ。何か事情があるんだろうけど、ここで、あの婆さんに話せというのは酷《こく》な話……。解ったよ。あたしがなんとかしよう」

「おうめさんが？　でも、なんとかするって、一体、どうするのさ……」

「いずれにしても、他の客の前では何も出来ないだろ？　だから、あたしがあの婆さんを旅籠に連れて行くよ。女将さんに話して、事情があるのなら対処しなくちゃならないからね」

「…………」

およねの顔がさっと曇《くも》る。

「おまえさん、女将さんに何か言われるのじゃないかと案じているんだろうけど、それは違うよ。女将さんはこんなときのために控えていなさるんだ。それにね、あの女《ひと》には不思議な力があってさ。大概の者が頑《かたく》なだった心を解《ほぐ》してしまう……。だからさ、委せるんだよ。いいね？」

おうめはそう言うと、四番飯台へと寄って行き、老婆に何事か囁《ささや》いた。

一体、何を話しているのだろうか……。

およねは気遣《きづか》わしそうに、四番飯台を窺った。

すると、どうだろう。

老婆がうんうんと頷き、おうめに手を引かれて、立ち上がったではないか……。

老婆はおうめに手を引かれ、上がり框《かまち》までやって来た。

「さあさ、参りましょうね。旅籠でお連れの方が待っていらっしゃいますからね」

おうめが平然とした顔をして、老婆の耳許《みみもと》に囁いている。

「そうですか。それで、わざわざお迎えに……。お手間を取らせてしまい、申し訳ありませんでしたね」

老婆は嬉しそうに微笑んだ。

およねはあっと息を呑んだ。

旅籠でお連れの方が待っているとは……。

その手があったのだ。

他の客を憚《はばか》っての方便《ほうべん》なのだろうが、なんという機転の利《き》かせ方であろうか。

亀の甲より年の功……。おうめは下手に甲羅《こうら》を経《へ》てきたわけではないのである。

それを思えば、おうめとさして歳《とし》の違わない自分はどうだろう。

右往左往《うおうさおう》するばかりで、老婆に声をかけることすら出来なかったではないか……。

おうめはおよねに目まじすると、老婆の手を引き、通路へと出て行った。

「女将さん、おうめです。宜しいでしょうか」

おうめが帳場の障子《しょうじ》に向かって声をかけると、お入り、と中からおりきの声がした。

「ご苦労でしたね。茶屋は一段落つきましたか?」

ええ、と頷きながら顔を上げると、長火鉢の傍に亀蔵《かめぞう》親分の姿も見える。

「親分、お越しでしたか」

「ああ、大晦日といっても、日に一遍は女将の顔を拝まねえとよ。茶屋を助《す》けてたんだって？　猫の手ならぬおうめの手も借りてェほどの忙しさとは、結構なこった。おっ、おうめ、その婆さんは誰でェ！」

亀蔵に言われ、おうめはハッと老婆へと目を戻した。

「お婆さん、さあ、中にお入りなさい。寒いですからね、手焙《てあぶ》りの傍にお寄りなさいな」

おうめが手招きをする。

老婆は怯《ひる》んだような目をして、そろりと入って来た。

そうして、亀蔵の顔を覗き込むと、怖々《こわごわ》とおうめを見て、この方が？　と訊ねる。

おうめが慌てて、おりきに事情を説明する。

おりきは老婆に塩饅頭《しおまんじゆう》を勧《すす》めると、茶を点《た》てながら、ふわりとした笑《え》みを浮かべた。

「そうですか。朝から人をお待ちとは、それは大変でしたね。きっと、相手の方は急なご用がお出来になったのに違いありません。わたくしどもは、このままお待ちになっても、ちっとも構いませんのよ。けれども、どうでしょう。どなたをお待ちなのか教えていただければ、少しはお役に立てるかもしれません。お話し下さいませんこと？」

おりきが抹茶茶碗《まっちゃぢゃわん》を老婆の前に差し出す。

老婆は驚いたようにおりきを見たが、ひと膝前に躙《にじ》り寄ると、茶碗を手許に引き寄せ、胸の間《あわい》から懐紙《かいし》をすっと抜き取った。

そうして、作法に則《のっと》り茶を啜ると、結構なお味でした、と頭を下げる。

どうやら、茶の嗜《たしな》みがあるようである。

「おっ、婆さんよ。おめえさん、ただ者じゃねえな。一体《いってえ》、どこから来た」

亀蔵が野太い声で訊ねると、老婆はきっと鋭い目を返した。

「おまえさまこそ、何者です！　あたしは銀次郎《ぎんじろう》が奥で待っていると言うから、ついて来たのです。けれども、おまえさまは銀次郎ではない！　銀次郎はもっと若くて、美丈夫《びじょうふ》です」

「おいおい、言ってくれるぜ！　それじゃ、俺が霜《しも》げた爺《じじい》で、醜男《ぶおとこ》と言ってるのと同じじゃねえか……。が、まっ、当たっちゃいるがよ。じゃ、名乗るが、俺ャ、高輪《たかなわ》の亀蔵というしがねえ岡っ引きだ。おう、婆さんよ、俺が名乗ったからにゃ、婆さんの名前《なめえ》も聞かせてもらおうじゃねえか」

「岡っ引き……。高輪の……。すると、あたしはお縄《なわ》になるような、何か悪いことをしたのでしょうか」

老婆が茫然《ぼうぜん》と亀蔵を見る。

おりきは慌てた。

「そうではないのですよ。親分はたまたま旅籠に見えていましてね。ご自分が名乗ったのだから、あなたさまも名乗ってはどうかとおっしゃっているのですよ。では、わたくしも名乗りましょうね。わたくしは立場茶屋おりきの女将を務める、おりきにございます。そして、これが女中頭のおうめ……。さあ、わたくしたちは全員名乗りましたことよ。それで、あなたさまのお名前は？」

「あたし……、あたしは七海《ななみ》。七つの海と書いて、七海」

「七つの海で、七海？　待てよ。おめえさん、もしかして、七海《ななみ》堂《どう》のご隠居じゃねえか？」

亀蔵が声山《こえやま》を立てる。

「七海堂って、三田同朋町《みたどうぼうちよう》の乾物問屋《かんぶつどんや》の？　えっ、まあ、そうなのですか」

おりきが亀蔵にさっと視線を移す。

「ああ、この婆さんの風体《ふうてい》からして、まず、間違《まちげ》ェねえだろう。成程、読めたぜ！」

そう言うと、亀蔵がおりきに目まじする。

どうやら、耳を貸せと言っているようである。

下足番見習の末吉を三田同朋町まで遣《つか》いに走らせると、おりきと亀蔵は再び帳場へと引き返した。

「お名前が判《わか》ったからには、これからは七海さまとお呼びしましょうね。今、同朋町まで遣いを立てましたので、おっつけ、お迎えが参るでしょう。それまでここでお待ちを願うことになるのですが、七海さま、お腹がお空《す》きではありませんか？　茶屋の話では、まだ何も召し上がっていないとか……。それでは力が出ませんことよ。さあ、何がいいかしら？　おうめ、板場に言って、何か見繕《みつくろ》ってもらって下さいな。そうだわ、おうめも中食がまだでしたね。では、わたくしたちもここで一緒に食べることに致しましょう。親分は？　親分は中食がお済みですか？」

おりきがそう言うと、亀蔵が、そいつァいいや、と身体を乗り出す。

「中食を食ったかと訊かれれば、食ったような食わねえような……。ここに来る前《めえ》に晦日蕎麦をと彦蕎麦を覗いてみたんだが、空席待ちの客が行列を作っててよ。冗談じやねえや！　並んでまで食えるかってんで、余所を覗いたんだが、どこの見世も餅の形《かた》（同じようなもの）……。それで、しょうがねえや、立ったまま屋台の稲荷寿司《いなりずし》を摘《つま》んだんだが、あんなんで、中食と言えるかよ！　ああ、遠慮なく、馳走《ごち》になるぜ。ところで、ここんちでは、晦日蕎麦を食わねえのかよ」

おうめがふふっと肩を揺らす。

「うちでは、大晦日の仕事を全て終え、正月準備の何もかもを済ませてから、毎年、旅籠衆が一堂に会し、晦日蕎麦を啜りながら年明けを待つんですよ。茶屋でも、彦蕎麦でも同じですよ。まっ、彦蕎麦だけは、除夜《じょや》の鐘が鳴り終えても、まだ暫くは忙しいのですけどね。旅籠の場合は、皆が眠りについた後、女将さんは大番頭さんと年神《としがみ》の寝ずの番をなさる……。そうして、日の出前に若水迎《わかみずむか》えをして神棚《かみだな》に供《そな》え、翌朝、神棚の供え物を下げ、皆で雑煮《ぞうに》と屠蘇《とそ》で新年を祝って、それで、新しい年が始まるんですよ。ですから、現在《いま》はまだ、晦日蕎麦はお預け！」

おうめはそう言うと、くるりと背を返し、板場へと出て行った。

亀蔵が蕗味噌《ふきみそ》を嘗《な》めたような顔をする。

「そういうことなら、しょうがねえや。じゃ、蕎麦は当分お預けってことで、八文屋《はちもんや》に帰《けえ》って、こうめの作った不味《まず》い蕎麦でも啜るとするか……」

「まっ、不味いだなんて！　八文屋にはおさわさんがいるではないですか。不味いはずがありませんよ」

　おりきがめっと亀蔵を目で制す。

　すると、どこまで二人の会話が理解できているのか、七海がくくっと肩を揺すった。

「おっ、嗤いやがったな！　だが、ご隠居よ、おめえさん、なかなかどうして、笑顔が憎めねえじゃねえか。辛気臭《しんきくせ》ェしかつめ顔をしているよりは、そうして、いつも笑ってな。笑う門《かど》には福来たりというからよ！　待ったって、銀次郎はもう帰《けえ》って来ねえんだ。品川の海に入水《じゅすい》しちまったんだからよ」

　えっと、おりきが驚いたように目を瞠《みは》る。

　一旦弛んだ七海の頬も、さっと強張《こわば》った。

　亀蔵は渋い顔をして、続けた。

「銀次郎というのは、七海堂の次男坊でよ。ご隠居の息子だ。そうさなあ、かれこれ二十年も前《めえ》のことになるかな？　当時、二十歳《はたち》になったばかりの銀次郎が七海堂のお端女をしていた女ごにとち狂っちまってよ。一緒にさせてくれねえのなら家を出るだの、そりゃもう、生きるの死ぬの大騒ぎをしてよ。母親のこの女《ひと》に、そんなことが許せるわけもねえ……。なんせ、その女ごときたら三十路《みそじ》も半《なか》ばで、ご隠居と大《てえ》して歳が違わねえというのだからよ。ところが、銀次郎の奴、その女ごの中に母性を見たんだな。というのも、七海堂が婿養子だった主人《あるじ》の金蔵《きんぞう》を失ったのが、銀次郎十歳のとき……。以来、家付き娘のこの女《ひと》が七海堂の大黒柱となって見世を束ね、銀次郎と、一つ年上の金一郎《きんいちろう》、こいつが現在《いま》七海堂を仕切っているんだがよ、この二人を育ててきた。七海堂といえば、あの界隈じゃ、老舗《しにせ》中の老舗だからよ。当然、内々のことはお端女委せになるわな？　銀次郎、金一郎の二人は多感《たかん》な年頃を、母の愛に餓《う》えて育ってきたといってもいいだろう。が、だからといって、この女《ひと》を責めるわけにゃいかねえわな？　何しろ、この女の肩にゃ、見世を護《まも》るという重責ばかりか、店衆の身の有りつきまでがかかっていたんだからよ。二人の息子の母である前に、店衆全ての父であり、母であらねばならなかった……。それなのに、ふと気づくと、息子の一人が三十路半ばのお端女に、身も心も奪われていたんだぜ！　青天の霹靂《へきれき》とは、まさにこのことよ！　お端女を母親のように慕《した》うというのならまだしも、所帯を持ちたいとは一体何事《いってえ》かってんで、七海堂ではその女ごに暇を出した。ところが、それを聞いた銀次郎が激怒して、家を飛び出しちまってよ……。が、まあ、銀次郎は金も持たずに飛び出しちまったわけだ。七海堂ではいずれ帰《けえ》って来るだろうと、高を括っていたんだな。お端女にしても、大《てえ》した銭を持ってるわけじゃねえ。ところがよ……」

亀蔵はそこまで話すと、ふうと太息を吐き、七海を睨《ね》めつけた。

「なっ、ご隠居、話しちゃっていいだろう？　女将さんに何もかもを聞いてもらったほうが、おめえさんもさっぱりするんじゃねえのか？」

「…………」

七海は項垂れたまま、もぞもぞと膝の上で手を弄《もてあそ》んでいる。

亀蔵は意を決したように、つと、おりきに視線を移し、続けた。

「三日後、猟師町《りようしまち》の浜に二人の土左衛門《どざえもん》が上がってよ……。どうやら、家を飛び出した、その日に身を投げたらしくてよ」

まあ……、とおりきは絶句し、七海を窺った。

が、はっと息を呑む。

七海がまるで他人事《ひとごと》のような顔をしているのである。

たった今、亀蔵の口から息子の死が明らかにされ、しかも、その原因を作ったのが七海であるかもしれないというのに、我関せずとばかりにつるりとした、この顔……。

が、それよりもっとおりきを驚かせたのは、七海が聞き取れないほどの小さな声で、もぞもぞと端唄《はうた》を口ずさんでいたことである。

亀蔵もどうやら七海の異変に気づいたようである。

「いけねえや。婆さん、惚《ほう》けちまってらァ……」

おりきと亀蔵は顔を見合わせた。

それで、全て訳がつく。

七海が真面《まとも》であれば、朝から引きも切らずに客が押し寄せ騒然とした茶屋に、四半《しはん》日《にち》（六時間）近くも坐り込み、二十年も昔に死んだ息子を待つようなことはしないだろう。

「さあ、お待たせ！　板脇《いたわき》が野煮卵丼《のにたまごどん》を作ってくれましたよ。熱いうちにお上がって下さいな」

おうめとおみのが膳を運んで来る。

「野煮卵丼だって？　なんでェ、そいつァ……」

亀蔵が興味津々《きょうみしんしん》とばかりに、早速、椀の蓋を開け、おおっ、と歓声を上げる。

「なんと、美味《うま》そうじゃねえか！　三つ葉や柚子の香りが立ってよ。こりゃ、親子丼か？　それとも、玉子丼《たまごどん》？」

「だから、野煮卵丼といったじゃないですか」

「野煮卵たァ、一体《いってえ》……」

「食べたら解りますよ。親分、四の五の言ってないで、まずは一口！」

おうめに言われ、亀蔵が一口頰張《ほおば》る。

次の瞬間、芥子粒《けしつぶ》のような目を、一杯に見開いた。

「こいつァ……。ご隠居、女将、食ってみな！　えも言われぬ絶品たァ、このことよ。見なよ、鶏肉《とりにく》かと思ったら、鯛《たい》じゃねえか！　それによ、野煮卵の意味が解ったぜ。三つ葉だろ？　椎茸《しいたけ》だろ？　榎茸《えのきだけ》だろ？　なんと、野草や茸を卵で綴《と》じて飯の上に載せ、こりゃ、まさに野煮卵丼でェ！」

「ふふっ、だから言ったじゃありませんか！　親子よりさっぱりとしていて香りよく、春を想わせる丼って、板脇が鼻蠢《おごめ》かせていましたからね。女将さん、本当に、あたしもここで一緒に頂いても宜しいので？」

おうめが気を兼ねたように訊ねる。

「構いませんよ。旅籠衆の中食はもう済んだのですもの。たまにはこんなことがあってもよいでしょう」

おりきが言うと、おうめは実に嬉しそうな顔をした。

「では、お言葉に甘えて……。ほら、お婆さんもお上がんなさいよ。蜆《しじみ》の汁《つゆ》も冷めないうちにね。どれ、蓋を取って上げようか？」

「おうめ、こちらさまはね、三田同朋町の七海堂のご隠居さま、七海さまなのですよ」

「えっ、あの乾物問屋の？　嫌だ、あたし、婆さんなんて呼んじゃって……」

「いいってことよ。何を言ったたって、牛に経文《きようもん》。ご隠居にゃ、半分も解っちゃいねえんだからよ」

亀蔵が井戸端の茶碗でも見るような、危なっかしい目で、七海を見る。

が、七海はそんなことには平気平左衛門《へいきへいざえもん》……。

美味そうに野煮卵丼をぱくついている。

その姿は、五歳のみずきとさして変わらない。

亀蔵の胸がじくりと疼《うず》く。

が、慌てて、丼を搔《か》き込むと、ズズッと音を立てて蜆汁を啜った。

七海堂の主人《あるじ》金一郎が挙措《きよそ》を失い、旅籠の帳場に駆け込んで来たのは、それから半刻《はんとき》（一時間）後のことだった。

「おっかさん……」

金一郎は七海の姿を認めると、いざるようにして傍に寄り、七海の手をしかと握るや、よくぞ、ご無事で……、心配をしましたよ、もう二度とこんなことはなさらないで下さいませ、と悲痛の声を上げた。

七海は金一郎の顔を茫然と眺《なが》めていたが、徐《やお》ら姿勢を正すと、改まったように金一郎を凝視《ぎょうし》した。

先程まで、心ここにあらずだった面差しにも、毅然《きぜん》としたものが戻っている。

「金一郎、ここで何をしているのですか！　大晦日のこの忙しい最中《さなか》に、主人《あるじ》のおまえが見世を空けたのでは、店衆に示しがつかないではありませんか」

金一郎が唖然《あぜん》としたような顔をする。

「見世を空けるなと言われましても……。あたしはおっかさんを迎えに来たのではありませんか。さあ、表に駕籠《かご》を待たせています。こちらさまに迷惑がかかりますので、そろそろお暇いたしましょう」

「あたしを迎えにですって？　おや、ここは一体……」

「門前町《もんぜんちょう》の立場茶屋おりきですよ。おっかさんが供《とも》もつけずに今朝見世を出たきり行方《ゆくえ》が判らないってんで、うちでは見世を挙げての大騒ぎだったのですよ。まさか、こんなところにおいでとは……。だが、良かった。おっかさんが無事で……。さあ、帰りましょうね」

「立場茶屋おりきって、近江屋《おうみや》の並びの？　えっ、何故、あたしがそんなところに……。すると、こちらが女将さんですか？　まあ、それは失礼を致しました。猫の手も借りたいほど忙しい大晦日だというのに、あたしがお手間を取らせたのではありませんか？　申し訳ありませんでしたね。これ、金一郎、おまえからも礼を言って下さいな。それで、あたしはこちらさまで何を頂いたのでしょうか？　お代の他にも、礼をしなければなりません。金一郎、お払いなさい」

七海は金一郎に金を払うように促《うなが》すと、改めて、おりきに目を戻した。

「それでは、そろそろお暇いたします。なんだかこちらさまに迷惑をかけたようで、誠に面目もございません。お許し下さいませね。それで、あのう……、こちらさまは？」

七海が亀蔵に目を移し、怪訝《けげん》な顔をする。

「お忘れですか？　高輪の亀蔵親分ですのよ」

おりきが答えると、七海はえっと目を点にした。

「高輪の親分とは……。では、あたしが何かお縄になるようなことを……。えっ、そうなのですか！」

「またまた、これだよ。ご隠居にかかっちゃ敵《かな》わねえや！　先刻、全く同じことを言ったばかりというのによ。まっ、いいや、忘れちまったんだもんな。安心しな。おめえさんは何もしちゃいねえからよ。こうして、息子が迎えに来たんだ。機嫌よう、帰《けえ》ることだな」

亀蔵が苦笑《にがわら》いをする。

金一郎は戸惑《とまど》ったような顔をしたが、威儀《いぎ》を正すと、深々と頭を下げた。

「母が迷惑をかけてしまい、申し訳ありませんでした。心より、お詫《わ》び申し上げます」

そう言うと、帳場の外で待つお端女に声をかけ、七海を駕籠に乗せるようにと指示をする。

七海がお端女に連れられて出て行くと、金一郎は改めて姿勢を正した。

「お恥ずかしいところをお見せしてしまいました。既にお気づきのことと思いますが、母に痴呆《ちほう》の症状が出て参りましたのは、三月《みつき》ほど前のことでして……。いえ、完璧《かんぺき》に惚《ぼ》けているというわけではないのですよ。まだら惚けとでもいうのでしょうかね。時折、意識が現《うつつ》から遠のき、遥《はる》か彼方《かなた》を彷徨《ほうこう》しているようなときがあるのです。二十年も昔になくした弟の銀次郎の姿を捜《さが》しているのでしょうが、そんな母の姿を見ましても、あたしには無下《むげ》に母を叱ることが出来ません。母の悔恨《かいこん》が手に取るように解るからです。親分は二十年前にあたくしどもに起きたことをご存知ですよね？　あのとき、母がどんなに自分を責めたか……。銀次郎を死なせてしまったのは、自分のせいだ、もっと銀次郎の寂しさを解ってやるべきだった、それなのに、お端女に息子を奪われたことへの妬心《としん》から、自分は嫌な女ごに成り下がってしまった、とそう申しましてね。母が悪いのではありません。母は見世を護ることで筒一杯《つついっぱい》だったのです。けれども、決して、息子を蔑《ないがし》ろにしたわけではありません。それは、銀次郎と一つ違いのあたしには、よく解ります。その母の心も知らずに寂しいなどとは、銀次郎の甘えです。同じ環境の中にあっても、あたしは見世の女ごに逃げようとは思いませんでしたからね。それなのに、銀次郎は母と五歳しか歳の違わないお端女と、理《わり》ない仲となってしまった……。母が怒り、哀《かな》しむのは当然のことではないですか！　それを、当てつけがましく、心中なんて……。そのことにより、母は二重にも三重にも、罪を背負わなければならなくなったのです。情死者《じょうしもの》を出したお店は同罪とみなされ、なんらかのお咎《とが》めを受けますからね」

「が、待てよ。確かあのとき、銀次郎の死は、単なる溺死《できし》と処理されたはずだが……」

「ええ。その節は、親分にもお世話になりました。銀次郎と女ごの遺体が別々の場所で上がったので、情死ではなく、泥酔《でいすい》したうえでの溺死と届け出て下さったのは親分だったそうですね。本当に、助かりました。それでなくても母の心はずたずたに裂《さ》かれているというのに、このうえ、見世までが咎を受けたのでは……。けれども、表向きは溺死で通しても、母やあたしたちの心の疵《きず》は消せるものではありませんでした。それでも、母は気丈《きじよう》に見世を護り続けたのです。あたしや店衆の前では決して涙を見せるようなことはありませんでしたが、見世の者が寝静まった夜更《よふ》け、茶の間の有明《ありあけ》行灯《あんどん》を点《とも》し、独り、酒を飲む母の姿を何度か目にしたことがあります。母は声を圧《お》し殺し、肩を顫《ふる》わせ、泣いていました。母はあたしに見世を託《たく》すまで、そうして、毅然と胸を張り、七海堂を支えてくれていたのです。ところが、あたしが妻帯《さいたい》し、これでもう自分の務めは終わったとでも思ったのでしょうかね。三月ほど前から、これまで滅多《めつた》に口にすることがなかった銀次郎の名を呼ぶようになりましてね。そんなときの母は魂《たましい》を抜き取られたかのようで、銀次郎、銀次郎……と、まるで、子供の頃の銀次郎が傍にいるかのように振る舞うのです。あたしも家内もどうしたらよいのか……。今朝も、朝餉を済ませたときには、まだ、しっかりしていたのです。それが、てっきり厠《かわや》にでも行ったのだろうと思っていると、どこにも姿がないではありませんか。内《うち》方《かた》は勿論のこと、見世の者も誰一人として、母の姿を見ていませんし、それはもう、大騒ぎとなりましてね。それで、自身番に届け出ようとしていたところに、こちらが母を預かっていると連絡が入りましてね。取るものも取り敢《あ》えず、駆けつけて来た次第です」

金一郎はそこまで話すと、再び、深々と頭を下げた。

「ご迷惑をおかけしました。どうか、母のことを許してやって下さいませ」

「迷惑だなんて、とんでもございません。お母さまは他人《ひと》に迷惑をかけるどころか、茶屋の隅にひっそりと坐っていらっしゃっただけですのよ。待ち人があるとおっしゃいましてね。それが、銀次郎さまだったのですね」

おりきが言うと、金一郎がはっと何かを思い出したように、顔を上げた。

「そうです！　あれは、確か、銀次郎が十歳、あたしが十一歳のときでした。タキという乳母《うば》が田舎に帰ることになりましてね。母と銀次郎とあたしの三人が、この門前町まで旅送りをしましてね。そうだ、ここですよ！　この立場茶屋おりきで昼餉を頂いたのですよ。父が亡くなる少し前で、確か、大晦日……。ああ、それで、母は今日ここで待っていると、銀次郎に逢《あ》えると思ったのだ……」

金一郎はそう言うと、うっと、衝き上げてくる熱いものに噎《むせ》んだ。

「そうだったのですか……」

おりきの胸もカッと熱くなった。

消そうにも、決して消すことの出来ない、心の疵……。

これまで懸命に心の疵に蓋をしてきただけに、ほんの少し蓋がずれただけで迸《ほとばし》るように流れ出てしまい、七海は現在《いま》、失った銀次郎との思い出を、必死の思いで取り戻そうとしているのだろう。

「金一郎さま、お母さまを大切にして上げて下さいませね」

「勿論です。母は掛け替えのない女《ひと》です。あたしは銀次郎の分も含めて、これからも母を大切にしていくつもりです」

金一郎はそう言うと、母が茶屋で注文した煮奴の代金と、これはお詫びと感謝の気持だと言い、小粒《こつぶ》（一分金）を差し出した。

「まあ、これでは多すぎます。煮奴は十二文ですし、心付けにしても、これでは……」

「いえ、どうか受け取って下さいませ。そうしなければ、あたしどもの気が済みません。第一、母に叱られます。ああ見えて、正気なときの母は、未だに、おっかなくて……」

金一郎が照れたように笑う。

「貰っときな、貰っときな！　茶屋衆に心付けだと渡してやるんだな。そうすりゃ、再び、ご隠居が徘徊《はいかい》して来たとしてもだぜ、皆、下にも置かねえ扱いをするだろうからさ」

亀蔵があっけらかんとした口調で言う。

「では、有難く頂戴いたします。また是非、七海さまとご一緒にお越し下さいませね」

「ああ、そうか！　立場茶屋おりきは料理旅籠として通っているのですよね。なんでも、ここの板頭は八百善《やおぜん》や平清《ひらせい》の花板《はないた》に勝《まさ》るとも劣《おと》らない腕の持ち主だとか……。ええ、ええ、勿論、来させていただきますよ。だが、こちらは一見客《いちげんきゃく》を取らないとか……」

「あら、こうして七海堂さまとお近づきになりましたのも、何かの縁……。既に、一見ではありませんことよ。予約さえ下されば、いつでもどうぞ」

「では、もう少し暖かくなりましたら、母を連れて参りましょう」

金一郎はどこかしら吹っ切れたような顔をして、帰って行った。

おりきはやれと亀蔵に目をやった。

亀蔵が大仰にふうと溜息《ためいき》を吐く。

「なんだか、俺も当時のことを思い出しちまってよ……。七海堂は葬儀の日一日見世を閉めただけで、翌日から、何事もなかったかのようにお内儀が先頭に立ち、商いを続けていたからよ。世間じゃ、気丈な女ごだとか、息子に死なれても涙ひとつ見せねえ冷血女《れいけつおんな》とか、陰口を叩いていたが、あの女《ひと》も腹ん中じゃ、辛《つれ》ェ想いをしてたんだろうて……。正な話、俺ャ、あんとき、銀次郎を誑《たぶら》かしたお端女が許せなかった。そりゃそうだろう？　息子ほども歳の違う銀次郎を、いくら慕われたからといって、男と女ごの関係にまで持って行くか？　そりゃよ、恋に上下の隔《へだ》てなくとも、恋は仕勝《しがち》ともいうけどよ。誰にだって、分別《ふんべつ》というものがあらァ！　仮に、銀次郎のほうがとち狂って、女ごにびたくさ濡《ぬ》れかかったとしてもだぜ、頭を冷やせと諫言《かんげん》するのが、大人の女ごというもんじゃねえか。それなのに、二《に》才子《せこ》供《ども》（青二才）の銀次郎を摑まえて、濡れの幕を演じるなんざァ、おじゃれ（飯盛女《めしもりおんな》）も顔負け、根っからの御助《おすけ》（好色女）ってもんでェ！　大方、銀次郎をものにすれば、七海堂が小体《こてい》な見世でも持たせてくれると胸算用《むなざんよう》でもしたんだろうが、そんな女ごに引っかかった銀次郎も銀次郎で、俺ャ、死んだ二人にゃ微塵芥子《みじんけし》ほども同情しなかった……。情死扱いにしなかったのも、七海堂のためというより、あいつら二人を認めたくなかったからなのよ」

亀蔵が憎体《にくてい》に言い、鼻の頭に皺《しわ》を寄せる。

「けれども、二人が心中したのは、それほど慕い合っていたということなのでは……」

おりきが焙《ほう》じ茶を淹れながら言うと、亀蔵がはンと鼻で嗤った。

「心中かどうかは、死人《しびと》に訊いてみなくちゃ判らねえからよ！」

えっと、おりきが驚いたように亀蔵を見る。

「それは……」

「俺もこれまで幾つも土左衛門を見てきたが、心中の場合、十中八九《じゅっちゅうはっく》、水中で身体が離れねえように、どこかをしっかと紐《ひも》で縛《しば》りつけておくもんだ。ところが、あの二人には、その痕跡《こんせき》がねえ。水の中で紐が解《ほど》けたのだとしたら、どこかにその痕跡が残っていてもいいだろう？　しかもよ、波に攫《さら》われたとしてもだ、二人の土左衛門が上がった場所があまりにも離れていてよ」

「それはどういうことなのでしょうか」

「考えたくはねえんだが、二人の間で諍《いさか》いがあってよ、どちらかがカッと鶏冠《とさか》に来て、相手を海に突き落としちまった……。ところが、怖くなっちまったんだな。それで恐慌《きょう こう》を来《きた》したもう一方が、後から海に身を投じた……。そうも考えられるからよ」

「…………」

「が、いずれにしたって、二人は死んじまったんだ。重箱の隅を穿《ほじく》るようなことをして、七海堂の傷口に塩を塗《ぬ》るようなことになってもよ……」

おりきは深々と息を吐いた。

確かに、亀蔵が言うように、今更、二人の死因を探《さぐ》ってみても、なんら良い結果は生まれない。

寧ろ、探れば探るほど、七海や金一郎の疵は深くなるばかりである。

「おっ、今何刻だ！　いけねえや、そろそろ七ツ半になるんじゃねえか？　いつまでも油を売ってる場合じゃなかったんだ」

亀蔵が慌てて立ち上がりかけた、そのときである。

「女将さん、彦蕎麦の枡吉《ますきち》でやす。高輪の親分がお見えと聞きやしたが、まだ、おいでですしょうか？」

板場側から声がかかった。

ていた。


「おう、今帰《けえ》るところだが、一体《いってえ》、なんでェ！」

亀蔵が障子を開けると、彦蕎麦の追廻枡吉が、四、五歳ほどの男の子を連れて立っていた。

「どうしてェ！」

「へえ、この餓鬼《がき》、どうやら、親に置き去りにされたみてェで……」

枡吉が、なあ？　と男の子を見る。

芥子頭《けしあたま》にした男の子は寒そうに頬を赤く染め、青っ洟《ばな》を垂《た》らしていた。

男の子がううんと首を振る。

「なに、違うってか！　おめえ、一緒にいた男は、おとっつァんだと言ったじゃねえか！」

枡吉が胴間声《どうまごえ》を上げると、男の子は怯《おび》えたように、また首を振った。

「枡吉、そんなに大声を上げるものではありませんよ。とにかく、中にお入りなさい」

おりきはそう言うと、申し訳ありませんね、もう暫くここにいてくださいませんこと？　と亀蔵を見る。

「あい解った。おう、おめえら、中に入《へえ》んな。それで一体《いってえ》どうしたって？　おめえの話にゃ、理が聞こえてこねえ。もっと、訳が立つように話してみな！」

枡吉が男の子の背を押すようにして、入って来る。

「それが一刻ほど前《めえ》のことでやすが、四十がらみの男がこいつを連れて来やしてね。二人して、晦日蕎麦を食った……。まっ、そこまではどうということもねえんだが、何しろ、今日は忙しくって……。一日中、てんやわんやなもんだから、気づかなかったんだが、いつの間にか、男の姿が消えてやしてね」

枡吉は上目遣《うわめづか》いにおりきと亀蔵を窺い、まるで自分が悪いことでもしたかのように、潮垂《しおた》れた。

「食い逃げってことか？」

亀蔵が質すと、枡吉はあっと顔を上げた。

「まっ、そういうことなんでやしょうが、それだけならまだいいが、いや、よくはねえんだが、問題はこの餓鬼でやして……。何しろ、うちは餓鬼の相手をしている場合じゃねえもんだから、女将さんが自身番につれてけって……。そうしたら、親分が旅籠においでだと耳にして……」

「成程、解った。で、男が出て行ったのは、いつのことでェ」

枡吉は、いいえ、それが……、と口籠もり、何しろ忙しくて、誰も男が出て行くところを見ていないのだ、と答えた。

すると、亀蔵は男の子を凝視した。

「おめえ、名前《なめえ》は？」

「………」

「幾つだ」

男の子は怖《お》ず怖ずと片手を開いた。

「五歳か。そうけえ。じゃ、訊くが、おめえと一緒に彦蕎麦に来たのは、おとっつァんか？」

男の子はうんと頷き、慌てて、いやいやと首を振った。

「ほらね、何度訊いても、この調子で……。頷いてみたり、首を振ってみたり、これじゃ、どっちが本当なのか判りやしねえ！」

枡吉が苦々《にがにが》しそうに、唇をへの字に曲げる。

すると、おりきが、おいで、と男の子に手招きをして、菓子鉢《かしばち》の蓋を開けた。

「ほら、金平糖《こんぺいとう》ですよ。綺麗《きれい》な色でしょう？　さあ、お上がりなさい。甘いわよ」

男の子がそろそろと寄って行き、菓子鉢とおりきを見比べる。

「さあ、どうしました？　ほら、摘んでごらんなさい」

そう言うと、男の子は袖口《そでぐち》で洟《はな》を擦《こす》り、紅い粒を摘んだ。

「たんとお上がりなさい。坊や、お名前は？　おばちゃんに教えて下さいな。おばちゃんの名前は、おりき。そして、こちらが亀蔵親分……。坊やは？」

おりきがふわりとした笑みを浮かべる。

「よし坊……」

男の子は鼠鳴《ねずみな》きするような声で答えた。

「そう、よし坊というのね。よいお名前だこと！　では、おとうさまのお名前は？　お父さまと一緒に来たのですよね？」

よし坊は金平糖をしゃぶりながら、おりきを瞠《みつ》めた。

そして、こくりと頷く。

「では、お父さまはどこに行かれたのかしら？　彦蕎麦で待っていると、また、帰って来て下さるの？」

よし坊は再びこくりと頷いた。

「また戻って来るなんて、そんな……。だって、俺たちが置き去りにされたこいつを見つけてから、もう一刻半も経つんだぜ！　年端《としは》のいかねえ餓鬼を一刻半も置いて来坊にする親が、どこにいようか！　何か事情があるのなら、ひと言断って行くべきじゃねえか！　あっ、これはうちの女将さんが言っていなさったことでやすがね」

言いすぎたとでも思ったのか、枡吉が首を竦《すく》める。

「おきわがそんなことを……。ねっ、親分、どうでしょう。彦蕎麦はこの子に構っていられないほど忙しいのでしょうし、しかも、置き去りにされたとまだ決まったわけでもありません。このまま自身番に連れて行くのは可哀相《かわいそう》ですわ。幸い、今宵は、旅籠が暇なので、わたくしが預かりましょう」

おりきは亀蔵に目を据《す》えた。

「おめえが預かるって……。そりゃ構わねえが、仮に、この子が捨てられたのだとしたら、どうする？　おいおい、また妙な気を起こすんじゃねえだろうな！」

「妙な気とは？　ああ、わたくしがこの子を引き取ると言い出すとでも？　さあ、そこまでの腹は決まっていませんが、せめて、今宵だけでも……。だって、この子の父親が戻って来ないと決まったわけではないのですよ。今日は大晦日ですもの、金策に駆けずり回っていて、目処《めど》がついたら、引き取りに来るつもりなのかもしれませんでしょう？　ですから、せめて、もう暫く……。明日になっても連絡がないようでしたら、改めて、親分に相談いたします。自身番に届けるのは、それからでも構わないのではないでしょうか」

「まっ、おめえさんがその気なら、俺としては構わねえがよ。けど、言っとくぜ。こいつは丁度うちのみずきと同じ年頃だ。この年頃の子は存外に手がかかるからよ。幸い、現在《いま》は旅籠が暇だからいいようなものの、正月が明けてみな？　おめえさんにこの子の面倒が見られるかよ。日中は子供部屋があるといっても、夜分は、誰かが傍についていてやらなきゃならねえ。一日、二日なら、おめえさんにも出来るだろうが、毎日となってみな……。一日中女将の務めを熟《こな》し、夜分、餓鬼に手を取られてたんじゃ、身体が保《も》ちゃしねえ。かといって、使用人の誰かがといっても、皆、手一杯だ。三吉やおきちを引き取ったときとは違うんだからよ！」

亀蔵が珍しく言葉尻を荒らげた。

確かに、亀蔵が言うように、三吉やおきちが立場茶屋おりきに引き取られたのが、十歳のとき……。

が、この子はまだその半分の歳にも達していない。

おいねやみずきも日中は子供部屋で過ごしているが、夜になれば、二人とも母親の元に戻っていく。

子供はそうやって親の庇護《ひご》の下《もと》に育っていくが、おりきにその役目が務まるのか、と亀蔵は言っているのである。

「親分のお言葉、肝に銘《めい》じます。ですが、今日のところは……」

「ああ、解った。じゃ、明日、また顔を出してみよう」

亀蔵は苦虫《にがむし》を嚙《か》み潰したような顔をして、帰って行った。


「まあ、坊ったら、よく眠っていますこと……」

おりきは枕屏風《まくらびょうぶ》を覗き、ふっと頰を弛めた。

「結句、こいつの父親《ておや》は現われやせんでしたね。彦蕎麦じゃ、八ツ半（午前三時）頃まで見世を開けて待ってたようだが、やはり、置き去りにされたと思ったほうがいいのでやしょうね」

達吉が眠い目を擦りながら言う。

「来たくても来られなかったのかもしれませんし、明日一日、待ってみましょうよ」

おりきも欠伸《あくび》を嚙み殺しながら言う。

刻《とき》は七ツ（午前四時）……。

こうして、大晦日におりきと達吉が年神を祀《まつ》った祭壇の前で寝ずの番をするのは、毎年のことである。

　この日、旅籠では泊まり客が少ないといっても、板場はお節《せち》の仕度《したく》で大わらわ……。

　寧ろ、日頃より忙しいほどであった。

　そうして、正月準備が全て調《ととの》い、除夜の鐘が鳴る直前に一同が広間に会し、晦日蕎麦を啜りながら一年を犒《ねぎら》い、翌年も長く福が続くようにと祈り、各々が閨《ねや》へと引き上げて行く。

　が、女将のおりきと大番頭の達吉は、まだ務めが終わったわけではない。

　それが、年神の寝ずの番である。

　そうして、空が白む前に若水を汲《く》んで祭壇に供え、福茶《ふくちゃ》（昆布、黒豆、山椒《さんしょう》、小梅などを入れた煎茶《せんちゃ》）を頂き、使用人たちが起きて来ると、年神への供え物を下げて皆で食す直会《なおらい》を行い、これで新しい年が始まるのだった。

「そう言えば、壬生さま、熱が下がったようでようござんしたね」

　達吉が思い出したように言う。

「素庵さまの話では、体力をつけるためにも、そろそろ滋養のある食べ物をということでしたからね。巳之吉が平四郎さまのために、消化のよいお節を作ってくれたそうですよ」

「美波さまは皆と一緒に晦日蕎麦を食べたのが、余程、嬉しかったようですぜ。これまでは、たった一人、客室で食事をなさっていたが、病の平四郎さまを横目に見ながらというのじゃ、食も進まなかったのでしょうね。ああ、そう言えば、美波さまに階下《した》で旅籠衆と一緒に晦日蕎麦をと言いなすったのは、女将さんだとか……。あっしはそれを聞いて、流石は女将さん、と感心しやしたぜ」

「ですが、美波さま、借りてきた猫みたいに隅っこで小さくなっておいでなのですもの……。もしかすると、居辛《いづら》かったのではないかと案じていましたのよ」

「なァんの！　おうめやおみのの冗談口に、肩を顫わせて笑っていやしたから、余程、愉《たの》しかったに違《ちげ》ェありやせん」

「そうだとよいのですけどね。まっ、達吉、この子ったら、寝言を言いましたよ！」

「おお、言った、言った！　可哀相《かえいそう》に、おとっつァんの夢でも見ているんだろうて……。まっ、餓鬼というものは、叱られようが邪険《じやけん》にされようが、てめえの親がいっち好きとくる！　それが、餓鬼ってもんだからよ。それを思えば、親のほうが薄情かもしれねえな。てめえの勝手で、平気で子を捨てちまうんだからよ」

「達吉！　まだ、この子は捨てられたと決まったわけではありませんよ。第一、子供を捨てようと思う親が、わざわざ晦日蕎麦で賑わう蕎麦屋に連れて来るでしょうか。

もっと人通りの多い場所に置き去りにするのではないでしょうか」

　おりきがそう言うと、達吉がにたりと嗤った。

「そこが、女将さんの甘《あめ》ェところだ！　一寸の虫にも五分《ごぶ》の魂とでもいうか、空腹《からはら》のまま餓鬼を捨てるのが忍びなく、せめて、晦日蕎麦でもと思い彦蕎麦に入った……。ところが、見世は目も当てられねえほどの混雑ぶりだ。わざわざ人混みの中に連れ出さなくてもここならってんで、厠に立つ振りをして、これ幸いとばかりに男が姿を消した……。へっ、おまけに、食い逃げときた日にゃ、あっぱれとしか言いようがねえや！」

「達吉！　お止《よ》しなさい」

　おりきは声を荒らげたが、そうかもしれない、と思った。

　あどけない顔をして眠る、よし坊……。

　夢の中でも、父親の姿を捜しているのであろう。

　そう言えば、よし坊って、本当の名前はなんというのだろう……。

　ふと、そんなふうに思ったときである。

「おっ、空が白み始めやしたぜ。そろそろ若水迎えを……」

　達吉の声に明かり取りに目をやると、ほんのりと空が白みかけている。

おりきと達吉は水口を通って、井戸端へと出て行った。

達吉の手には、輪飾《わかざ》りをつけた真新しい手桶《ておけ》……。

いよいよ、新しい年である。

おりきの胸にも、どこかしら弾《はず》むような想いが漲《みなぎ》ってくる。

どうか、良き年となりますように……。

そうして、若水を汲み上げ、まず年神に供えると、改めて、ご来光《らいこう》をと再び表に出て行く。

東天《とうてん》の仄《ほの》かな白みが次第に明るさを増し、今まさに、初日が昇《のぼ》ろうとしていた。

空も赤みを増し、棚引《たなび》く雲が鮮《あざ》やかに見える。

おりきはその空に向かって、手を合わせた。

今年も、皆が健《すこ》やかにいられますように……。

達吉、善助、巳之吉、おうめ……。

一人一人の顔を頭に思い浮かべ、遥か遠く京にいる三吉の名前を呟き、そして、よし坊、壬生平四郎さま、美波さま、と呟いたときである。

「なんて美しいのでしょう。わたくしもご一緒して構いませんこと?」

背後から声がかかった。

振り返ると、壬生美波が立っていた。

「ええ、勿論、構いませんよ。けれども、もう、お目覚めとは……」

おりきがそう言うと、美波はふっと微笑んだ。

「一睡もしていませんのよ。平四郎が快方《かいほう》に向かったことや、昨夜、皆さまと晦日蕎麦をご一緒させていただいたこと、そして、これからのことなどを考えていますと、なんだか気が昂《たか》ぶってしまい、いっそこのまま寝ないで、初日を拝もうかと思いましてね」

美波はそう言うと、手を合わせた。

初明かりの中、ほっそりとした美波の姿が浮き上がって見えた。
二十二、三歳であろうか、美しい女《ひと》である。
美波は随分永いこと手を合わせていたが、つと、おりきに目を戻すと、頭を下げた。

「旅の途中で、弟があんなことになってしまい、ご迷惑をかけてしまいました。けれども、後二、三日、滞在していても宜しゅうございますか？　熱は下がりましたが、平四郎にはまだ旅は無理だと思いますので……」

「ええ、うちは構いませんのよ。素庵さまからもそのように言われています。幸い、正月明けまで、客室に余裕がありますので、気になさらないで下さいませ」

「恐縮にございます。このご恩は、いつか必ず……」

「恩だなんて……。旅籠ですもの、当然のことをしているまでです。けれども、目的地を間近に控えての平四郎さまの病……。美波さまもさぞや気を揉《も》まれたことにございましょう」

おりきが気遣うように窺うと、美波がさっと縋るような目で、見返した。

「あのう……。おりきさまとお呼びしても宜しいでしょうか？　実は、わたくし、おりきさまに聞いていただきたいことがあります。恐らく、おりきさまはわたくしたち姉弟のことを、不審に思われていることと思います。いえ、不審という言い方はおかしいかもしれませんね。わたくしたちの旅の目的というか、何ゆえ、暮れも押し迫って、わたくしたちが京から江戸に出て来たかと疑問に思っていらっしゃるのでは……。実は、仇討《あだうち》の旅なのです」

おりきの胸がことんと音を立てた。

「けれども、江戸を目前にして、弟が病に倒れてしまい、足止めを食った形でここに留まっていますと、次第に、今更仇討をして、それにどんな意味があるのだろうかと、そんなふうに逡巡《しゅんじゅん》するようになりましてね。ああ、けれども、ここでお話しすることではありませんね。いずれ、また……」

美波はそう言うと、ふっと寂しそうな笑みを浮かべた。

「解りました。わたくしのような者でも、お力になれれば……。というより、美波さまの想いを聞いて差し上げることくらいは出来ますので、どうぞ、思いの丈《たけ》をお話し下さいませ。さあ、そろそろ旅籠に戻りましょうか」

おりきが美波の肩にそっと手をかける。

地平線から頭半分顔を出した初日が、海を照らし、美波の頬にも降りかかろうとしていた。

その瞬間、おりきは壬生姉弟の永き夜も、これで明けようとしているのだ、と思った。

そうあってほしい！

何故かしら、そう願えてならなかった。

若菜摘み

比較的人出《ひとで》の少なかった元旦に打って変わり、初荷《はつに》（正月二日）の品川宿門前町《しながわしゅくもんぜんちょう》は俄《にわか》に賑々《にぎにぎ》しくなった。

幟旗《のぼりばた》を立てた荷馬車が表通りを行き交《か》い、年礼廻《ねんれいまわ》りのお店者《たなもの》に混じって、家から家へと万歳《まんざい》や鳥追《とりおい》、大黒舞《だいこくまい》、越後獅子《えちごじし》といった門付《かどつけ》が渡り歩き、町全体がすっぽりと正月《しょう》景色《がつげしき》一色に染められている。

立場茶屋《たてばぢゃや》おりきでも、旅籠《はたご》が現実的に始動するのは、魚河岸《うおがし》が初荷となる、この日からであった。

「とうとう、よし坊の父親《てておや》は姿を見せやせんでしたね」

大番頭の達吉《たつきち》が留帳《とめちょう》に目を通しながら、おりきをちらと窺《うかが》う。

おりきは神棚《かみだな》にパァンパァンと柏手《かしわで》を打ち、振り返った。

「何か事情があるのでしょうよ。けれども、よし坊がおいねにすっかり打ち解《と》けてくれたようで、安堵《あんど》しました」

「さいですね。恐らく、今頃は子供部屋でおいねたちと機嫌《きげん》良く遊んでいるのでやしょうね。へっ、つがもねえ！　子供は子供同士……。案ずるこたァありやせんでしたね。夕《ゆん》べ初めて彦蕎麦《ひこそば》の二階でおいねと一緒に寝かせてみたところ、瞬《また》く間に、仲良くなっちまってよ……。なんと、終《つい》しか俺たちの前《めえ》では口を開こうとしなかったよし坊が、おいねが相手だと、てめえの名前《なめえ》がよしきで、おとっつァんはときぞうと答えたというんだからよ！　まっ、五歳の餓鬼《がき》だ。どう書くかまでは知っちゃいねえようだが、それだけ判《わか》ったただけでも上等と思わなくっちゃなりませんからね」

達吉が仕こなし顔をする。

よし坊を彦蕎麦で預かるようにとおきわに話をつけてきたのは、達吉である。

昨夜、今宵もよし坊を預かると言ったおりきに、達吉は珍しく食ってかかった。

「そりゃ、現在《いま》、よし坊を手放す場合じゃねえという、女将《おかみ》さんの気持は解《わか》りやすよ。あれでも、父親《てておや》が思い直して、引き取りに来るかもしれやせんからね。けど、だからといって、今宵も女将さんがよし坊の面倒を見ることには、賛成しかねやす。まっ、俺もそうなんだが、昨夜、女将さんは一睡もしていなさらねえ……。それなのに、二晩続けて、ろくすっぽう眠られねえんじゃ、身体《からだ》が保《も》ちやせんからね！　明日からは旅籠が本格的に始動するってェのに、肝心《かんじん》の女将さんが身体を毀《こわ》すようなことにでもなったんじゃ、目も当てられねえ……。いいから、俺に委《まか》せて下せえ」

達吉はそう言うと、夜分だけでもよし坊を預かってくれないかと、おきわに掛け合ってきたのである。

おきわも不承不承《ふしようぶしよう》ながら、首を縦《たて》に振った。

「まっ、元はといえば、うちの手落ちで、あの子が置き去りにされちまったんだからさ。ああ、いいよ。昼間は子供部屋で遊ばせておけばいいんだし、おいねと一緒に寝かせることにするからさ」

「済まねえな。あのままじゃ、女将さんがぶっ倒れちまう。まっ、明日になれば、高《たか》輪《なわ》の親分と相談して、あの子の身の振り方を考えるからよ」

「あの子の身の振り方って……。もし、このまま父親《てておや》が姿を見せないようなら、一体、どうするつもりなのさ」

おきわは気遣《きづか》わしそうに、達吉の顔を窺った。

「そりゃ、当然、自身番に連れて行くことになるんだろうが、そこから里子《さとご》に出されるか、深川《ふかがわ》の窮民教育所《きゆうみんきよういくしよ》送りになるか……。が、皆が皆、そこに入《へえ》れると決まったわけじゃねえからよ」

「どこも引き取ってくれなかったとしたら、どうすんのさ」

「どうするって……」

「まさか、物乞《ものごい》になるか、非人小屋に送られ、越後獅子や大道芸《だいどうげい》をやらされるんじゃないだろうね！」

「おいおい……」

達吉はおきわの剣幕《けんまく》に気圧《けお》され、あわあわっと言葉を失った。

「きっと、女将さんが案じていなさるのも、そのことなんだ！　だったらいいよ、あの子のことはうちに責任があるんだ。暫《しばら》くうちで引き取ることにするからさ」

おきわはようやく腹を括《くく》ったとみえ、そう言いきった。

「おいおい、それでいいのかよ。それでなくても、おめえは身体が二つあっても足りねえほどの忙しさだ。それなのに、どこの馬の骨とも判らねえ子を引き取っちまってよ」

「しょうがないじゃないか。この門前町に数ある見世《みせ》の中で、わざわざ、あの男がうちを選んで子供を置いてったんだから……。それに、どこの馬の骨というけれども、血が繋《つな》がっていないという点では、おいねと一緒だからね。おいねも弟分が出来たと思えば心強いだろうし、昼間は、貞乃《さだの》さまやさつきがついていてくれる……。三吉《さんきち》の抜けた後でもあるし、また賑やかになっていいさ。さっ、そういうことだから、旅籠に帰って女将さんに、あの子のおとっつァんの消息《しょうそく》が判るまでこの彦蕎麦で預かります、と伝えておくれ」

一旦腹が決まってしまうと、おきわは実にさばさばしたもので、平然とそう宣言したのだった。

それで、それまで一睡もしていなかったのが祟《たた》ったのか、おりきは泥《どろ》のように眠り込んでしまったのだが、一夜明け、またぞろ、不安が頭を擡《もた》げてきた。

顔を出すと言っていた亀蔵《かめぞう》親分が、前日現われなかったのが、気にかかり始めたのである。

何かあったのであろうか……。

元旦は、大概《たいがい》の者が寝正月などをして身体を休めるが、よし坊が置き去りにされたと知っていて、あの亀蔵が何故《なぜ》……。

それに、またまた寝床が替わってしまい、昨夜、よし坊は熟睡することが出来たのであろうか。

大晦日《おおつごもり》の夜も、よし坊は床に就《つ》いた途端《とたん》にことりと眠りに落ち、前後を忘れたかのように眠りこけてしまったが、それでも二度ほど寝言を言い、ちゃん、と夢の中で父の姿を捜《さが》していた。

ちゃんとは、おとっつァんのことなのであろう。

聞くとはなしにおりきや亀蔵の話を耳にしてしまい、子供心に胸を痛めていたのに違いない。

そう思うと堪《たま》らなくなり、おりきは彦蕎麦へと急いだ。

すると、たいもない。

よし坊とおいねが開店前の客席に坐《すわ》り、燥《はしや》ぎながら朝餉《あさげ》を食べているではないか……。

どうやら二人して、雑煮《ぞうに》の餅《もち》をどちらが長く伸ばせるか、競《きそ》い合っているようである。

「あっ、千切《ちぎ》れちゃった！」

「ほら、また、よし坊の負けだ！　じゃ、今度は、どちらが沢山お餅を食べられるか、競争だよ。おいね、これで二つ目だからね！」

「おいらも二つ目！」

「ほれほれ、二人とも、調子に乗るんじゃないの！　あと四半刻《しはんとき》(三十分)もしたら、口切り(口開け)だ。遊んでいないで、さっさとお食べ！」

おきわが甲張《かんば》った声を上げていた。

「まあ、よし坊ったら、すっかり元気が出たこと！　昨日は借りてきた猫みたいに大人しかったのに、今朝はこんなに活《い》き活きとして……」

おりきが声をかけると、おきわが驚いたように振り返った。

開店準備に余念のない板場衆《いたばし》や小女《こおんな》たちが、一斉に会釈《えしやく》をする。

「まあ、女将さん。心配をして、見に来て下さいましたの？」

おきわが前垂《まえだ》れで手を拭《ぬぐ》いながら、寄って来る。

「どうですか？　よし坊はおいねと仲良くしていますか」

「ええ、仲が良いなんてもんじゃありませんよ。犬ころみたいに二人して燥ぎ合っちまって、まるで、本当の姉弟《きょうだい》みたいですよ。それで、大番頭さんからあたしの気持を聞いて下さいましたよね？　あたしはそのつもりですから、どうかご心配なく……。それで、親分は何か言って来ました？」

「いえ、それが昨日はお見えにならなかったのですよ。けれども、今日はきっと来られると思います。それで、おきわの気持をもう一度確認しておこうと思いましてね」

おりきがそう言うと、おきわはさっとよし坊を振り返り、おりきの袖《そで》を摑《つか》むようにして、板場脇へと連れて行く。

「女将さん、あたし、いっそのやけ、あの子をうちで引き取ってもよいと考えているんですよ。おっかさんとも相談したんだけど、男の子を育てるのも、またいいかもしれないと思ってさ……。結句、あたしは彦次《ひこじ》さんの子が産めなかったけど、考えてみれば、あのくらいの子がいてもおかしくないんだもんね。そう思ったら、子供を一人育てるのも二人育てるのも、大して違やしないように思えてきて……。幸い、おっかさんも傍《そば》にいてくれるでしょう？　あたしの手が廻《まわ》らないところは、おっかさんが助《す》けてくれると言っていますんでね」

「まあ、おたえさんがそんなことを……」

「それにね、あの子の名前が判ったんですよ。よしきというのですって！　それに、おとっつァんの名は、ときぞう……。おいねが訊《たず》ねると、いともあっさりと答えてくれましてね。やっぱ、牛は牛連れ……。子供同士だから、肩肘《かたひじ》を張らずに、ああして、なんでも喋《しゃべ》れちゃうんですよね。まっ、おいねとは分かち合えたようだし、あたしたちにも追々《おいおい》に心を開いてくれるのじゃないかと思いましてね」

おきわは決意に漲《みなぎ》った目を、きらりと光らせた。

おきわがこんな目をするときは、誰がなんと言おうと、もう腹は決まっている。

まだ頑是《がんぜ》ない娘を抱《かか》え、胸の病《やまい》に倒れた夜鷹蕎麦屋《よたかそばや》の彦次と所帯を持ちたいと言い出したときのおきわも、現在《いま》と同じ目をしていた。

おきわは父親に反対をされ、勘当《かんどう》されても尚且《なおか》つ、信念を貫《つらぬ》き通したのである。

「そうですか。おきわの気持は解りました。では、仮に、よし坊の父親が現われたらどうするかなどと訊《き》くのは止《よ》しましょうね。そのときの状況を見て、そこでまた、新《あら》たに考えればよいことですものね」

おりきはそう言い、旅籠へと引き返して来たのだった。

「そろそろ昼餉《ひるげ》時《どき》ですね。今日はなんでも、親分に来てもらわなければなりません」

おりきは達吉にというより、自分に言い聞かせるように、独《ひと》りごちた。


亀蔵がやって来たのは、八ツ（午後二時）過ぎだった。

「済まねえな。昨日はちょいとばかし取り込んじまって、ここに来る暇がなくってよ」

亀蔵はそう言うと、どかりと胡座《あぐら》をかき、太息《ふといき》を吐《つ》いた。

「それで、何か判りました？」

おりきが訊ねると、亀蔵はまたまた大仰《おおぎよう》に息を吐き、それがよ、と渋顔《しぶがお》をする。

「大晦日の晩、大崎村《おおさきむら》の賭場《とば》に手入れが入《へえ》ってよ。ほれ、おめえさんも知っていると思うが、茶屋が火災に遭《あ》ったとき、歩行新宿《かちしんじゆく》の山吹亭《やまぶきてい》に預けていた又市《またいち》が、いつの間にか賭場の走り《ばし》になっていた、あの賭場よ。毎年、大晦日から新年にかけて、どこの賭場でも大がかりな開帳《かいちょう》をするんだが、これに、お上《かみ》が黙って目を瞑《つぶ》っているわけにゃいかねえわな？　それで、標的を何箇所かに絞《しぼ》って、ここと決めて手入れをするんだが、その中に、あの賭場があってよ。勿論《もちろん》のこと、賭場にいた連中は一網打尽《いちもうだじん》にしたんだがよ、それでもずらかった奴がいるんじゃねえかと納屋の中を調べてみると、なんと、梁《はり》から吊《つ》り下げられた男がいるじゃねえか……。大方、手焼《てやき》（すかぴんになる）となり、寺主《てらし》（胴元）から廻してもらった金までが返《けえ》せなくなり、釣責《つりぜめ》にされたんだろうが、可哀相《かえいそう》に、目も当てられねえほど痛めつけられていてよ。背中一面に蚯蚓腫《みみずば》れが出来ているばかりか、肋骨《ろっこつ》まで折れててよ。だが、手負《てお》い者といっても見逃すわけにゃいかねえ……。何しろ、丁半場《ちょうはんば》（賭場）にいた者は、貸元《かしもと》（主催者）は無論のこと、客も一人残らずしょっ引くことになってるんだからよ。それで、その男をしょっ引き、取り調べをしてみたところ、なんと、そいつが門前町の蕎麦屋に倅《せがれ》を置いてきたというじゃねえか」

「えっ……」

おりきの胸がきやりと揺《ゆ》れた。

亀蔵が仏頂面《ぶっちょうづら》をして、頷《うなず》く。

「そういうこった……。そいつ、時蔵《ときぞう》という雪駄職人《せったしよくにん》でよ。神田照降町《かんだてりふりちよう》の三笠屋《みかさや》という履物問屋《はきものどんや》にいたらしいんだが、これがなんと、手慰《てなぐさ》みに嵌《はま》っちまってよ。見世の金に手をつけたことが暴露《ばれ》て、追出《ばいだ》されちまった……。それで、よし坊、ああ、あいつ、芳樹《よしき》という名前らしいんだがよ、芳樹を連れて国許《くにもと》に帰《けえ》ろうとしてたんだってよ。ところが、品川宿に入《へえ》ったところで、またぞろ、悪い虫が騒ぎ出しちまってよ。手持ちの金も残り僅《わず》か……。このまま小田原《おだわら》まで帰《けえ》るのも心細いし、しかも、大晦日ときた……。どこかしこで開帳をしているからよ。せめて、一分が二分、二分が一両にでもなればとの思いで、蕎麦屋でふと小耳に挟《はさ》んだ大崎村の賭場へと脚《あし》が向いたというのよ」

「では、芳坊は？　芳坊のことはどうするつもりだったのでしょう」

思わず、おりきが上擦《うわず》った声を出す。

「それよ……。あいつ、決して、置き去りにするつもりはなかった、ほんの半刻《はんとき》（一時間）ほど遊ぶだけで、それくれェなら蕎麦屋で待たせていてもよいだろう、とそう思っていたのだというのよ。ところが、盆茣蓙《ぼんござ》に坐った途端に、面白《おもしれ》ェほど言う目が出てよ。そうなりゃ、誰だって、欲どうしくなるってもんだ。半刻のつもりが、一刻《いっとき》（二時間）、二刻《ふたとき》（四時間）となあ。気づくと、手拍《てばたき》（文無し）どころか、借りまで作っていた……。ところが、この期《ご》に及んで、払えるものなど何もねえ、お店から暇を出されたばかりで帰《けえ》るところもねえと詫《わ》びを入れたところで、始まらねえわな？　それで、あいつは観念したんだが、代貸《だいが》しや用心棒に寄って集《たか》って痛めつけられても、終しか、倅を蕎麦屋に待たせていると言わなかったそうでよ。五歳の餓鬼といっても、奴らの手にかかれば、何をされるか判ったもんじゃねえからよ。三吉のように子供屋《こどもや》に売られたり、非人頭の手に渡ってみな？　時蔵にも些少《さしょう》なりとも親心が残ってたんだな。奴らの手に倅を渡すより、町方《まちかた》の手に委《ゆだ》ねるほうがまだましなのじゃなかろうか……、とそう思ったそうでよ。あいつ、それだけ言うと、おいおいと声を上げて泣くのよ。こんな親なら、いねえほうがあいつのためだ、俺《おり》ゃ、親として、失格だってよ……」

亀蔵が辛《つら》そうに眉根《まゆね》を寄せる。

「…………」

おりきは言葉を失った。

時蔵への憤怒《ふんぬ》と憐憫《れんびん》が綯《な》い交ぜとなって、胸を激しく揺すぶってくる。

こんな親なら、いねえほうがあいつのためとは何事であろうか！

そう思うのは親の勝手で、芳樹のような頑是ない子供には、どんな親であれ、自分の親ほどよいものはないのである。

それが証拠に、芳樹は父親が帰ってくるのを待っているのかというおりきの問いに、こくりと頷いたではないか……。

そして、おいねにも、おいら、ちゃんが迎えに来るまで、お利口《りこう》にして待っている、と言ったというのである。

芳樹には、父親に捨てられたという想《おも》いが一毫《いちごう》もない。

お利口にしていると、必ずや、父親が迎えに来てくれると信じているのである。

それなのに、こんな親なら、いねえほうがあいつのため、と片づけてしまう時蔵が許せなかった。

が、同時に、そう言わなければならない親の気持を想うと、憐《あわ》れでもあった。

「芳坊の母親はどうしているのでしょう」

おりきはようやく言葉を探すと、亀蔵を瞠《みつ》めた。

「芳坊を産んだ翌年、風邪《かぜ》を拗《こじ》らせて呆気《あっけ》なく死んじまったそうでよ。以来、男手《おとこで》ひとつで、時蔵は芳坊を育ててきた。雪駄職人としちゃ、かなりの腕を持っていたんだとよ。けれども、魔《ま》が差しちまったんだろうて……。遣《つか》いに行った大名屋敷で、中間《ちゆうげん》から甘《あめ》ェ言葉を囁《ささや》かれてよ。御座切《おざぎり》（一度きり）のつもりで試《ため》したちょぼ一（博奕《ばくち》）で、思いがけねえ大金を手にしちまったもんだから、そうなると、これまで金兜《かなかぶと》（堅物）

だっただけに、方図《ほうず》がねえ……。まっ、幼ねえ餓鬼を遺《のこ》して嬶《かかあ》に死なれ、自棄無茶《やけむちゃ》にもなっていたんだろうが、後はもう、坂道を転げ落ちるがごとく……」

亀蔵はそこまで言うと、済まねえ、喉《のど》がからついちまってよ、茶を一杯《いっぺえ》くんな、とおりきを窺った。

「あら、ご免なさい。まだ、お茶も差し上げていなかったのですね」

おりきにしては珍しいことである。

常なら、何はさておき、まず茶を勧《すす》めるところが、今日ばかりは芳樹のことで頭が一杯となり、そこまで気が回らなかったのである。

おりきは茶を淹《い》れながら、亀蔵を窺った。

「それで、時蔵さんはどうなるのでしょう」

「とても、無罪放免《むざいほうめん》とはいかねえだろうな。殊《こと》に、あの賭場は日頃から目をつけられていたからよ。貸元だけじゃなく、客にも某《なにがし》かのお咎《とが》めがあるだろうて……。が、そいつを決めるのは大番屋《おおばんや》送りになってからだ。お裁《さば》きを受けてみねえと、敲刑《たたきけい》で済むのか、はたまた、人足寄場《にんそくよせば》送りになるか……」

亀蔵が苦々《にがにが》しそうに言う。

「それは、いつ判るのでしょう」

おりきが長火鉢《ながひばち》の猫板《ねこいた》に湯呑《ゆのみ》を置く。

亀蔵は首を傾《かし》げ、暫し考えた。

「なんせ、現在《いま》は正月だからよ。まっ、早くて、松納《まつおさめ》（六日）の頃かな？　小正月までにはかからねえと思うがよ」

「では、それまで、時蔵さんは小伝馬町《こでんまちょう》の牢《ろう》に？」

「そういうことになるだろうな。まっ、現在《いま》はまだ高輪大木戸《たかなわおおきど》の番屋にいるがな」

「番屋に……。では、いつ、小伝馬町に移されるのでしょう」

「三が日が明けて、四日とみたらいいだろう」

亀蔵はそう言うと、茶をぐびりと口に含み、やっぱ、美味《うめ》ェや、と頰《ほお》を弛《ゆる》めた。

「親分……」

おりきが改まったように、亀蔵を見据《みす》える。

亀蔵は慌てて湯呑を猫板に戻した。

「おい、止しとくれ！　おめえがそんな目をするときにゃ、ろくなことがねえ。また、妙なことでも考えてるんじゃねえだろうな」

「妙なことだなんて……。ちっとも、妙ではありませんわ。芳坊をひと目父親に逢《あ》わせてやれないかとお訊ねしているだけですもの」

亀蔵がとほんとした顔をする。

そして、小さな目をしわしわとさせると、ちょ、ちょい待った、と挙措《きょそ》を失った。

「芳坊を父親《てておや》に逢わせるだって？　天骨《てんこち》もねえ！　そんなことが出来るわけがねえだろ？　奴ァ、縄《なわ》つきなんだぜ。すると、何かよ。十文字縄《じゅうもじなわ》にかけられ、番屋の板の間に閉じ込められた父親の姿を、わざわざ、五歳の餓鬼に見せるとでもいうのかよ！　それこそ、酷《こく》というもんじゃねえか」

「ですから、番屋ではなく、外で……」

「莫迦《ばか》も休み休み言いなよ！　そんなことをして、時蔵が逃げたらどうするんでェ！」

「では、番屋でも構いません。けれども、奥の板の間ではなく、大家や店番《たなばん》のいる座敷で……。せめて、そのときだけでも時蔵さんの縄を外《はず》してあげてほしいのです。逃げられないように、店番たちが上がり框《かまち》を塞《ふさ》いでいれば、時蔵さんは逃げるようなことはなさらないと思います。我が子の目前で、捕《と》り物など……。どこの世界に、そのような姿を我が子に見せたいと思う親がいるでしょうか。わたくしは時蔵さんを信じたいと思います。ですから、親分、後生一生《ごしょういっしょう》のお願いです。芳坊に別れをさせてやって下さいませんか？　小伝馬町に送られてしまうと、親分の力でも、もうどうしようもなくなる……。けれども、大木戸の番屋でなら、親分の采配《さいはい》で、それが可能なのではないでしょうか」

おりきが縋《すが》るような目で、亀蔵を見る。

「そりゃよ、出来ねえこともねえが……。だがよ、別れをさせるといっても、五歳の餓鬼にそれが解るか？」

「ええ、ですから、お縄になったとか、そんなことは言わなくてもよいのです。都合が出来て、どうしても暫く離れていなくてはならなくなったとでも言えば、それでよいのです。幼いといっても、父親に置き去りにされた不安が、記憶として、心の中にしっかと根を下ろしてしまいます。そして、やがてそれが恨《うら》みと変わる……。それを、わたくしは怖《おそ》れているのです」

「そうけえ。おめえさんの気持は解ったぜ。じゃ、明日、四ツ（午前十時）に大木戸まで来てくんな。さっ、そうと決まっちゃ、俺もぼやぼやしていられねえ！　早速、帰《けえ》って、大家や店番を説き伏せなきゃならねえからよ。おっ、馳走《ごち》になったな！」

亀蔵が湯呑に残った茶を飲み干し、せかせかと帳場から出て行く。

その背に、おりきは深々と頭を下げた。

亀蔵と入れ違いに、達吉が入って来た。

達吉は仕こなし顔に長火鉢の傍に坐ると、態《わざ》とらしく、咳《しわぶき》を打った。

「やっぱり、そういうことだったのでやすね」

「聞いていたのですか？」

「いや、決して、立ち聞きをするつもりじゃなかったんだが、話の腰を折るようで、つい、入《へえ》りそびれちまって……。けど、女将さん、お縄になった父親《てておや》に芳坊を逢わせるなんて、随分と思い切ったことを……」

「おまえも無謀《むぼう》だとお言いですか？」

「いや、そうじゃねえんだが、そんなことをしたんじゃ、寧《むし》ろ、芳坊に未練が残るんじゃねえかと思って……」

「では、おまえは時蔵さんがこのまま何も言わないで、芳坊の前から姿を消した方がよいとお思いですか？　あの子は父親からすぐに戻るから待っていろと言われて、待っていたのですよ。それなのに、何日経《た》っても、父親が迎えに来ない……。五歳の子が不安に思わないはずがないではありませんか。けれども、都合が出来て暫く逢えなくなったが、元気にしているのだよとか、皆の言うことを聞いて可愛《かわい》がってもらうようにするんだよと父親から言われていたとしたら、芳坊の気持は随分と違うのではないでしょうか……。あのくらいの子供って、他の誰の言葉より、親の言葉を信じるものです。それに、決して、時蔵さんは芳坊が可愛くないわけではありませんよ。わたくしね、時蔵さんが賭場でどんなに折檻《せっかん》されようと、彦蕎麦に芳坊を置いてきたと口を割らなかったと聞き、そう思いましたの。時蔵さんはこんな親ならいないほうが……、と親分に言ったそうですが、どんな親であれ、芳坊には時蔵さんしか親はいないのです。乳《ち》飲み子だった芳坊を、男手ひとつで育ててきた時蔵さんです。きっと、手慰みをしないときは、子煩悩《こぼんのう》な、よい父親だったのではないかと思いますよ。わたくしはね、あの二人がこれまで築いてきた父子《おやこ》の関係を、こんなことで崩《くず》してはならないと思うのです」

達吉は神妙《しんみょう》な顔をして聞いていたが、納得《なっとく》したのか、ぽんと膝《ひざ》を打った。

「解りやした。もうなにも言いません。が、言われてみれば、そりゃそうだ！　芳坊にはひねこびたところがねえもんな。ありゃ、親の愛情を存分に受けて育ってきたからに違《ちげ》ェねえ……。時蔵もつい魔が差しちまったが、根っからの悪《わる》じゃなかったということなんでしょうね。ところで、美波《みなみ》さまが女将さんに話があるとかで、お待ちでやすが……」

「美波さまが？　それで現在《いま》、どちらに……」

「松風《まつかぜ》の間でお待ちでやすが、部屋では平四郎《へいしろう》さまがお休みですので、女将さんの手が隙《す》き次第《しでえ》、こちらに見えるそうで……」

「そうですか。泊まり客がお見えになるまで、まだ暫くありますね。では、どうぞお越し下さいませと伝えて下さいな」

「へい」

達吉が帳場を出て行く。

おりきは急須《きゆうす》のお茶っ葉を杯洗《はいせん》に空《あ》けると、新たに山吹《やまぶき》を入れ、鉄瓶《てつびん》の湯を確かめた。

恐らく、美波の話は仇討《あだうち》のことであろう。

そう思うと、どこかしら、緊張を覚えた。

ふっと、馬越右近介《まごしうこんのすけ》（如月鬼一郎《きさらぎきいちろう》）のことが頭を過《よ》ぎった。

豊後臼杵藩《ぶんごうすきはん》の御小姓組中小姓《おこしょうぐみなかこしょう》をしていた右近介は、前藩主の側室《そくしつ》お今《いま》さまの身辺警護についていて賊《ぞく》に襲われ、お今さま一行は一人残らず斬殺《ざんさつ》されてしまった。

このとき、川に落ちた右近介だけが一命《いちめい》を取り留《と》め、記憶を失いながらも立場茶屋おりきでほぼ一年を過ごしたのであるが、記憶を取り戻した右近介は、己《おのれ》の使命を全《まっと》うしようと、おりきの前から姿を消してしまった。
お今さまを謀殺《ぼうさつ》した奸臣《かんしん》を炙《あぶ》り出し、前藩主に代わって成敗《せいばい》しようとしたのである。
形《かたち》こそ違うが、これも仇討の一つといってよいだろう。
結句、右近介は本懐《ほんかい》を遂《と》げ、その場で自裁《じさい》して果てていったが、立場茶屋おりきに
いた頃鬼一郎と名乗った右近介に淡《あわ》い想いを寄せていたおりきは、右近介が亡くなっ
たとの報を受け、魂《たましい》を抜き取られたかのような想いに愕然《がくぜん》とした。
本懐を遂げ、最期《さいご》まで主人《あるじ》に身を挺《てい》して果てていった右近介は、武士の鑑《かがみ》といって
もよいだろう。
が、後に遺されたおりきや、そして、右近介の妹倫江《みちえ》の想いは……。
おりきもまた武家の出であるだけに、右近介の矜持《きょうじ》が痛いほどに理解でき、一方、
遺された女《おな》ごの哀惜《あいせき》や切《せつ》なさを、身に沁《し》みて感じたのだった。
鬼一郎さま……。
おりきは久々に鬼一郎の名を呟《つぶや》き、その姿を頭に思い描《えが》こうとした。
が、哀《かな》しいかな、以前はあれほど鮮明に甦《よみがえ》った鬼一郎の顔が、現在《いま》では薄衣《うすぎぬ》で覆《おお》わ
れたかのように、ぼやけて見える。
代わりに、つと巳之吉《みのきち》の顔が頭を擡げようとしたそのとき、障子《しょうじ》の外から声がかか

った。

「美波にございます。宜《よろ》しいでしょうか」

「どうぞ、お入り下さいませ」

美波はそろりと障子を開け、中を窺った。

「宜しいのよ。さあ、お入り下さいませ。ちょうど今、鹿子《かのこ》餅《もち》を頂こうと思っていましたのよ。付き合って下さいませね」

そう言うと、座布団《ざぶとん》を勧め、茶の仕度《したく》をする。

「平四郎さまの具合は如何《いかが》ですか？」

「はい。お陰さまで、今日は食も進みましたし、気のせいか、顔色も戻って来たように思います。こちらの板頭《いたがしら》が病人の食べやすい食事をと気を配って下さいますし、それに今日の昼餉膳には、精《せい》がつくようにと、鼈《すっぽん》の丸鍋《まるなべ》が出ましてね。九条葱《くじょうねぎ》や焼き餅まで入っていて、平四郎ったら、お代わりまでしましたのよ」

美波が嬉《うれ》しそうに目許を弛めた。

「それは良かったですこと！　美波さまも鼈はお好きですか？」

そう言うと、美波は恥ずかしそうに肩を竦《すく》めた。

「わたくし、正直に申しまして、あまり好きではありませんでした。なんだか気色《きしょく》悪くて……。それに、独特の匂《にお》いが鼻を衝《つ》きますでしょう？　それで、今までは食したことがなかったのですが、ひと口だけでも食べてみろと平四郎が勧めますので、恐る恐る口にしてみましたの。すると、まあ、とろりとしていて、どこかしら温かい味がするではありませんか……。さほど、匂いも鼻を衝きませんでしたし、あれは、酒と生姜汁《しょうがじる》で匂いを消してあるのでしょうか」

美波が幼児のように目を丸くする。

「そのようですわね。鼈は甲羅《こうら》以外は殆《ほとん》ど食べられるといいますからね。実を申しますと、わたくしも食わず嫌いでしたのよ。けれども、一度食してみると、なんだか肌に艶《つや》が出たようで、一気に、二歳も三歳も若返ったような気がしましたわ」

「まあ、おりきさまも？」

二人は顔を見合わせ、くすりと笑った。

「さあ、お茶が入りましたよ。召し上がれ」

そう言って、おりきが茶托《ちゃたく》を美波の前にそっと差し出す。

美波は茶を一服すると、まあ、と目を細めた。

「美味《おい》しいですこと……。これは山吹ですか？」

「よく、お解りですこと！　喜撰《きせん》にしようかと迷いましたが、美波さまには山吹のほうがよいかと……」

「わたくし、京にいましたので、この味は懐《なつ》かしゅうございます」

「確か、壬生《みぶ》さまは丹波《たんば》篠山藩《ささやまはん》のご家中だとか……」

「はい。父は御手廻組《おてまわりぐみ》記録所役用人《きろくしょやくようにん》を務《つと》めていましたが、藩主青山忠良《あおやまただなが》さまが老中を務めておられた折、老中首座阿部伊勢守《あべいせのかみ》さまの失脚《しっきゃく》を企《くわだ》てたことが発覚し、幕閣《ばっかく》を追われることになったのですが、いつしか、父壬生勘兵衛《かんべえ》がその情報を漏《も》らしたとの誹《ひ》謗中傷《ぼうちゅうしょう》が家中に飛び交うようになったのです。父に水戸藩士《みとはんし》の知人が多かったことから、そんな噂が流れたのでしょうが、江戸詰というのならまだしも、当時、父は篠山にいたのです。殿が何をなさろうとしていたかなど、知る由もありません。それで、父がそのような流言飛語《りゅうげんひご》を言い触らしているのは誰かと探りましたところ、表番頭《おもてばんがしら》の奥泉左京《おくいずみさきょう》さまだと判明したのです。何ゆえ、奥泉さまがそのような嘘を……。何か誤解をなされているとしか思えません。それで、父は誤解を晴らそうと、役宅《やくたく》の門前にて奥泉さまが下城されるのを待っていたのです。ところが、奥泉さまは父の姿を認めるや、何を誤解されたのか、供侍《ともざむらい》に命じて、有無《うむ》を言わさずその場で斬《き》り捨ててしまわれたのです。父は遜《へりくだ》る意味で供の者を帰らせ、単身でした。一方、奥泉さまは家士数名引き連れておられ、多勢《たぜい》に無勢《ぶぜい》……。しかも、父がひと言も言葉を発していないといのに、いきなり斬りつけてくるとは、これでは如何にいっても理不尽《りふじん》……。けれども、父は供を連れていませんでしたので、それを証明してくれる者もおらず、藩は父が怨恨《えんこん》のために意趣返《いしゅがえ》しを図《はか》り、そのために返り討《う》ちにあったと処理してしまったのです」

まあ……、とおりきは絶句した。

丹波篠山藩五代藩主青山忠良が老中首座阿部正弘《まさひろ》の失脚を企て失敗し、それが原因《もと》で老中の座を追われたことは、おりきも知っていた。

詳しいことまでは解らないが、どうやら、阿部が水戸の徳川斉昭《とくがわなりあき》を重用《ちょうよう》するのに業を煮《に》やした忠良が、斉昭に反目《はんもく》する水戸藩士と組んで阿部失脚を謀《はか》ったらしい。

まさか、その事件に壬生姉弟が関《かか》わっていたとは……。

美波はおりきの表情を見逃さなかった。

「ご存知でしたか？　殿さまのことを……」

「いえ、詳しい話は知りませんのよ。ただ、こういった商《あきな》いをしていますと、聞くとはなしに、お客さまの会話が耳に入って参りますので……。けれども、あの事件が美波さまのお父上にまで累《るい》を及ぼしていたとは……」

「父が亡くなりましたとき、わたくしは十七歳、平四郎は十四歳でした。当然、壬生家は禄《ろく》を召し上げられ、母子《おやこ》三人、母の実家《さと》に身を寄せることになりました。けれども、母の実家は八十石の馬廻組平藩士《うままわりぐみひらはんし》で、決して、身上《しんしょう》は楽ではありませんでした。わたくしたちは厄介者《やっかいもの》として、そこで肩身《かたみ》の狭《せま》い想いをしながら、平四郎が元服《げんぷく》するまで過ごしました。けれども、平四郎が元服するのと同時に母が亡くなりまして、ちょうどその頃、平四郎の烏帽子親《えぼしおや》となって下さった方が、奥泉さまがまたもや同僚を手にかけ、此度《こたび》ばかりは返り討ちの言い逃れも通らず、脱藩《だっぱん》したと知らせて下さったのです。その方は父が亡くなったとき、奥泉家の若党《わかとう》をしていた男から、あのとき奥泉の門前で何があったのかも聞き出して下さっていました。父は奥泉さまに意趣返しをしようとしたのではなかったのです。それなのに、一方的に斬殺されてしまった……」

美波は口惜《くちお》しそうに、きっと唇を噛《か》み締《し》めた。

「それで、仇討を……。藩は認可しましたか？」

おりきが訊ねると、美波は俯《うつむ》いたまま首を振った。

「残念ながら、免状は頂けませんでした。殿さまは老中を退《しりぞ》かれたといっても、篠山藩主には違いありません。今更、あの事件のことを蒸《む》し返されたくないとお思いになったのでしょう、壬生の件は過去のこと、と却下されてしまいました。けれども、真実を知った平四郎はそれでは納得しませんでした。このままでは、元服したといっても、平四郎は他家に養子として入る以外に、武士として身を立てることが叶《かな》いません。何より、武家に生まれたからには、理不尽に斬殺された父の無念を晴らさなければなりません。それが、平四郎に課せられた責務……。そう考えたのは、平四郎ばかりではありませんでした。父の仇《あだ》を討ってこそ、武家の男！　そう言って、周囲《まわり》が平四郎をけしかけたのです。藩内の下士層ばかりか、出入りのお店者から村人に至るまで、寄ると触《さわ》ると、仇討の話題で持ちきりとなり、いつしか、壬生平四郎を支援する会なるものまでが出来て、その中に、伏見《ふしみ》の井筒屋《いづつや》、澤田屋《さわだや》といった大店《おおだな》がありました。あの方たちが道中手形《どうちゅうてがた》の手配や路銀《ろぎん》を用立てて下さったのです。それからというもの、旅から旅への毎日……。何しろ、藩を出奔《しゅっぽん》したまま行方《ゆくえ》知れずの仇《かたき》を捜し歩くのですから、闇《くら》がりを手探りで彷徨《さまよ》うにも等しく、どこぞでそれらしき人物を見たという知らせが入ればすぐさま駆けつけ、それこそ、越前《えちぜん》、能登《のと》、尾張《おわり》……。西は備後《びんご》、安芸《あき》、周防《すおう》と、遂《つい》には四国にまで脚を伸ばしました。そして此度は江戸……。けれども、この長旅の中、次第に、わたくしは逡巡《しゅんじゅん》するようになったのです。父の仇を討ったからといって、それで本当に、わたくしたちは本懐を遂げたことになるのだろうか……。そもそも、本懐とはなんぞや、とも思うようになりました。奥泉左京を討ったとしても、父は戻って来ません。果たして、父はわたくしたちがこの当て所《ど》なき旅を続けることを悦《よろこ》んでいるのだろうか……。そう思うと、否《いな》、と即座に首を振ってしまいます。生前、父はわたくしに申していました。現在《いま》ある生を精一杯生きよ、人生は永《なが》くはない、過去や目先のつまらないことに囚《とら》われることなく、今日を、明日を、悔《く》いのないように生きるのだと……。父はそういう男《ひと》でした。ですから、わたくしには父が悦んでいるとは思えません。寧ろ、仇討など莫迦な考えは捨て、平四郎には別の生き方をしてもらいたいと思っているのではないかと……。けれども、平四郎にそう申しますと、いつも激怒するばかりです。姉上はわたくしに武士を捨てろとお言いか、それは、死ねと言っていることと同じことですぞ、とそんなふうに申します。ですが、おりきさまもお察しと思いますが、元々、平四郎は蒲柳《ほりゆう》の質で、剣の腕も常並《つねなみ》か、それ以下……。仕方がないのです。壬生が禄召し上げとなったのが、十四歳のときです。以来、道場にも通っていません。幸い、わたくしは十七歳まで小太刀《こだち》の修業をすることが出来、奥ゆるしを頂くところまで参りましたので、それで、平四郎の片腕となれるのですが、此度も、尾張を過ぎた辺りから平四郎が体調を崩し、遂に、品川宿で病臥《びょうが》してしまいました。そのため、こちらさまに迷惑をかけることになってしまったのですが、ここで足止めを食ったのも、何かの啓示《けいじ》……。わたくしにはそう思えてならないのです」

「何かの啓示とは……。お父上が仇討を止せとでも？」

おりきが美波を瞠める。

美波は頷いた。

「平四郎が病に倒れたために、わたくしに考える余裕《ゆとり》が出来ました。このままでは、本当に、平四郎は生命《いのち》を落としてしまう……。仇を追い求め、結句、見つけることなく果ててしまったのでは、一体なんのために、平四郎は、いえ、わたくしもですが、生きてきたのだろうか……。父の仇を討つという大義《たいぎ》が、それほどのものなのだろうか……。第一、わたくしは奥泉左京という方が憎くないのです。一度だけ、国許で奥泉さまにお逢いしたことがあります。母が催《もよお》した茶会に参列なさったのですが、小太りで、ふくよかな頬に、人の善《よ》さそうな笑い顔……。何ゆえ、あの方が父を？　わたくしにはどうしても信じられませんでした。けれども、人が何か行動を起こすとき、某かの理由があるものです。わたくしたちは父の側からしか物事を見ていませんが、仮に、奥泉さまの側から見たならば、また違ったものが見えるかもしれない。そんなふうに思うと、仇討などといって、いつまでも他人《ひと》を恨んではならないのではなかろうか、とそんなふうに思えてきたのです」

「人を祈らば穴二つ……。立場茶屋おりきの先代女将がよく言っていた言葉です」

「人を祈らばとは……、それは？」

「人を呪《のろ》って殺そうとする者は、自分の墓穴《ぼけつ》も必要となる。それより、許す心のほうが肝要《かんよう》だということです」

美波は憑《つ》き物でも落ちたかのように、眉《まゆ》を開いた。

「ああ、きっと、そうなのですよね！　なんだか、迷いが吹っ切れたような気がします。けれども……」

「平四郎さまのことですね？」

「此度の病で、平四郎もかなり気弱になっているのだと思います。けれども、それだけに一層、こんなことで挫《くじ》けてはならないと気ばかり焦《あせ》っているようで……。ですが、わたくし決心いたしました。明日、私だけでも浅草に行って参ります」

「浅草のどちらへ？」

「下谷《したや》の白泉寺《はくせんじ》という寺で、奥泉さまが寺男《てらおとこ》をしているという情報があるのです。恐らく、これまでと同様、流言にすぎないのでしょうが、せっかく品川宿まで来たのですから、確かめるだけでも確かめ、平四郎にはこれが最後とはっきりと言って聞かせます」

　美波はそう言うと、冴《さ》え冴《ざ》えとした顔をした。

「鹿子餅を召し上がりませんこと？　今、お茶を入れ替えますわね」

　おりきがお茶っ葉を取り替え、鉄瓶の湯を湯冷《ゆざ》ましに取る。

「そうして、茶葉によい湯の頃合を計《はか》るのですね。だから、美味しいお茶になる……。そう思うと、わたくしたちにも現在《いま》が頃合いなのかもしれませんわね」

　美波は自分たちの人生を、茶に譬《たと》えた。

　仇討の旅を続けてきたのは、己の人生のまだ序章、これから、本当の人生が始まるのだとでも言いたいのであろうか……。

「そう言えば、おりきさまも武家の出だそうですね。大番頭さんから聞きました。おりきさまの隙のない身の熟《こな》しや所作《しょさ》を見て、剣術の嗜《たしな》みでもおありなのかしらと訊きましたところ、お父上が柔術指南《じゅうじゅつしなん》をなさっていたとか……。それで……、と納得しました。そのおりきさまが現在《いま》では立場茶屋おりきの女将をなさっているのですものね。わたくし、何ゆえなどとはお訊ねしません。皆、それぞれに心に思うことがあって、自分の人生を選ぶのですものね。わたくし、おりきさまに勇気をいただきました。市《し》井《せい》の中に身を置いていても、こんなに活き活きとしておられ、何より、幸せそうなのですもの」

あらあら、とおりきが目を細め、美波の湯呑に茶を注《そそ》ぐ。

「ええ、幸せですことよ。ここに来るまでは独りぼっちだったわたくしに、現在《いま》では、こんなに沢山の家族がいるのですもの！　皆が支え合って生きていくことほど、幸せなことはありませんわ」

「羨《うらや》ましゅうございます。わたくしにも、そんな幸せが訪れるでしょうか」

「訪れますとも！　きっと、いえ、必ずや訪れますことよ」

美波は実に爽《さわ》やかな笑《え》みを見せた。

翌朝、美波は浅草へと出立《しゅったつ》した。

平四郎は自分も行くと言い張ったが、熱は下がったというものの、まだ厠《かわや》に行くのにもふらつく有様《ありさま》である。

美波は懸命に平四郎を説得した。

「まだ白泉寺に奥泉左京がいると決まったわけではありませんよ。行ってみたのはよいが、此度も無駄足《むだあし》となるやもしれません。ですから、今日のところは、わたくしだけで……。仇討となれば、必ずや、そなたを同道《どうどう》しますゆえ」

それで、渋々ながらも、平四郎は待つことに同意したのだった。

おりきは美波を送り出すと、彦蕎麦に向かい、芳樹を呼び出した。

「いいこと？　これから芳坊はおばちゃんと一緒に高輪に行くことになります。お父さまがね、あちらでお待ちなのよ。けれども、お父さまには急なご用が出来、またすぐに出掛けなければならなくなりました。それで、ひと目、芳坊に逢って行きたいと言われていましてね。ですから、お父さまにお別れをしたら、またここに戻って来ることになるのだけど、いつか必ずお父さまが迎えに来て下さるので、それまで、おいねちゃんやみずきちゃん、それに、おきち姉ちゃんたちと、仲良く待っていましょうね」

おりきがそう言うと、芳樹はパッと目を輝かせた。

「ちゃんに逢えるんだね！　うん、おいら、お利口にしてる」

芳樹は恐らくここに来て初めてと思える、最高の笑顔を見せた。

微塵《みじん》も翳《かげ》りのない、心《しん》からの笑みである。

芳樹が心をここまで解《と》き放つとは、やはり、この父子《おやこ》は目に見えない太い絆《きずな》で結ばれているのだろう。

おりきが芳樹を伴い茶屋の前まで行くと、行合橋《ゆきあいばし》の袂《たもと》で客待ちをしていた四ツ手（駕籠《かご》）がすっと寄って来る。

「どちらまで？」

六尺《ろくしゃく》（駕籠舁《かごか》き）の八造《はちぞう》である。

「高輪の大木戸、番屋まで行って下さいな」

そう言うと、八造が驚いたようにおりきを見る。

「番屋でやすか？　ですが、この子は……」

「わたくしの連れですよ。そうね、こんなに小さな子供ですもの、四ツ手をもう一台というより、わたくしが膝に抱きかかえていてもいいかしら？」

「へえ、そりゃ構いやせんが……。けど、大丈夫《でえじようぶ》でやすか？　あっしら六尺は、坊が一人増えたくれェじゃ屁《へ》ともねえが、女将さんが窮屈《きゆうくつ》なんじゃ……」

「大丈夫ですよ。ああ、それから、番屋に着いたら、暫く表で待っていてほしいのです。そうですね、半刻はかからないと思いますので、近くの茶店にでも入っていて下さいな」

「あい、承知！」

八造が胸をぽんと叩き、後棒《あとぼう》に、行こうぜ、と顎《あご》をしゃくる。

大木戸の自身番で四ツ手を下りると、亀蔵親分が表で待ち構えていた。

「遅くなりました」

おりきは亀蔵に頭を下げると、早道《はやみち》（小銭入れ）から小白《こじろ》（一朱銀）を二枚摘《つま》み出し、酒手《さかて》です、これで何か甘い物でも、と言って八造に渡す。

「へっ、馳走《ごち》になりやす」

八造が恐縮したように腰を折り、小白の一枚を後棒に渡す。

「じゃ、半刻後、店番に声をかけてみやすが、女将さんの用が早く終わるようだったら、柏屋《かしわや》という茶店におりやすんで……」

八造が茶店に向かって去って行くと、亀蔵が改まったようにおりきを見た。

「おめえさん、六尺に半刻と言ったようだが、そんなには時間が取れねえんだ。よくて四半刻……。状況によっちゃ、もっと短《みじけ》ェかもしれねえ。それでいいんだな？」

「構いません。ひと目、逢わせてやるだけでよいのです」

「で、こいつにゃ、話してあるんだな？」

亀蔵が芳樹に目をくれる。

「ええ。お父さまに都合が出来て、暫く留守をしなくてはならなくなったと言ってあります。ですから、この子も今日はお別れをするだけだと解っています」

「そうけえ。じゃ、入《へえ》るぞ」

亀蔵が先に立ち、自身番の中に入って行く。

自身番の造りは大概がどこも同じで、九尺二間……。

引き違えの腰高障子《こしだかしようじ》を開けると、玉砂利《たまじやり》の敷かれた土間があり、板壁に火消道具《ひけしどうぐ》、纏《まとい》、提灯《ちようちん》、鳶口《とびぐち》、突棒《つくぼう》、刺《さ》す叉《また》、袖搦《そでから》みと、捕物道具《とりものどうぐ》が立てかけてあり、上がり框《かまち》から三畳の畳敷《たたみじ》きに上がると、文机《ふづくえ》、火鉢、茶道具が置かれていて、ここに大家や書役《かきやく》、店番が詰めることになる。

更に、その奥に三畳の板の間があり、ここは窓もなく全面板張りとなっていて、取調室《とりしらべしつ》にもなれば、大番屋送りになるまでの仮留置所《かりりゆうちしよ》ともなる。

本来ならば、時蔵は明朝まで、この板の間で縛《しば》られていなければならない。

が、時蔵は畳敷きにいた。

無論、十文字縄も解《ほど》かれ、大家と店番に挟まれた恰好《かつこう》で、火鉢に手を翳《かざ》していた。

時蔵はおりきに手を引かれた芳樹を見ると、ウッと喉の奥から獣《けもの》のような声を出した。

「ちゃ、ちゃん！」

芳樹が嬉しそうに、七色声《なないろごえ》を張り上げる。

「さあ、どうしました？　三日ぶりなのですよ。芳坊に何か言って差し上げたらどうですか」

おりきがそう言うと、時蔵は怖々《こわごわ》と大家や店番を窺い、いいか？　と目まじして、両手を広げた。

「ちゃん！」

芳樹が堪《たま》らないように、広げられた腕の中に飛び込んでいく。

「芳坊……、芳坊……、済まなかったな。ちゃんはよう、すぐにおめえのところに戻るつもりだったんだ……。けど……」

時蔵の抉《えぐ》れた目から、涙が零《こぼ》れた。

「芳坊、お父さまはね、急なご用がお出来になったの。ねっ、そうですよね、時蔵さん」

おりきが慌てて言い繕《つくろ》うと、時蔵が、へい、と項垂《うなだ》れる。

すると、大家が立ち上がった。

「おや、どちらへ」

店番が訊ねる。

「ちょいと厠へ」

「では、あたしは外の空気でも吸ってきますかね。親分、後は頼みましたよ。茶を飲みたければ、そこに道具が一式揃《そろ》っていますので、勝手にどうぞ」

店番も立ち上がり、玉砂利を鳴らして出て行く。

二人は気を利《き》かせてくれたのである。

ならば尚更《なおさら》のこと、そうそう手間取ってもいられない。

おりきは時蔵の気持を和《やわ》らげようと、茶櫃《ちゃびつ》の蓋《ふた》を開け、茶の仕度を始めた。

「芳坊はお利口だったのですよ。最初の晩は旅籠で私と一緒に眠りましたが、翌日から、彦蕎麦の二階で、おいねちゃんと一緒に眠っています。けれども、お父さまを恋しがって泣くようなこともなく、とてもよい子にしていますのよ。さあ、お茶が入りましたよ。時蔵さん、甘い物はお好きかしら？　大福餅をお持ちしましたのよ」

「おっ、大福か！　そいつァいいや。俺も相伴《しょうばん》させてもらおうか」

早速、亀蔵が手を出し、大福餅を口に頬張る。

「美味《うめ》ェや。おっ、おめえらも食いな、食いな！」

亀蔵がひょっくら返したように言い、それでようやく、時蔵の緊張も解《ほぐ》れたようである。

「おいねちゃんてね、彦蕎麦の娘で、年が明けて八歳になりましたの。芳坊のことを弟みたいに可愛がっていますのよ。ですから、安心して、ご用について下さっても構いませんのよ。お務めが終わるまで、わたくしどもが責任を持って、芳坊をお預かりします。ねっ、芳坊もお利口にしているわよね？　必ず、お父さまが迎えに来て下さいますからね」

大福餅をぱくついていた芳樹が、うん、と頷く。

時蔵は手にした湯呑を茶托に戻すと、深々と頭を下げた。

「あっしはなんと言ってよいか……。申し訳ありやせん」

「おめえよ、申し訳ねえと思ったら、一日も早く、真っ当な男になるんだな。この次、倅に逢えるのがいつのことか、現在《いま》の段階じゃ、俺には答えられねえ……。永《なげ》ェか短《みじけ》ェか、いずれにしても、倅は立場茶屋おりきや彦蕎麦の皆で護《まも》るからよ。その恩に報《むく》いるためにも、二度と莫迦な真似をしねえことだな」

亀蔵に言われ、時蔵はますます潮垂《しおた》れた。

芳樹が心配そうに時蔵を覗《のぞ》き込む。

「ちゃん、どうしたの？　痛いの？　だったら、おいら、ちゃんにちちんぷいぷいをしてあげる！　ちちんぷいぷい、痛いの痛いの、飛んでいけ！」

芳樹が時蔵の月代《さかやき》に手を当て、呪《まじな》いを唱《とな》える。

「ほら、飛んでった！　ねっ、治《なお》っただろ？」

「芳坊！」

時蔵が芳樹の身体を、ぐいと両腕で抱え込む。

そして、堪《こら》えきれずに、おいおいと泣き声を上げた。

「いい子にしてるんだぞ……。皆の言うことを聞くんだぞ。風邪引くな。寝しなに水を飲んで、いびったれ（おねしょ）るんじゃねえぞ……。ち、ちゃんは必ずおめえを迎えに行くからよ」

芳樹の頰に時蔵の無精髭《ぶしょうひげ》が当たり、くすぐったいのか、芳樹がくくっと身体を顫《ふる》わせる。

「おいら、いびったれない。いい子にするから、ち、ちゃん、早く帰って来てね」

「ああ……、ああ……」

後はもう、言葉にならなかった。

「よし、後朝《きぬぎぬ》の別れでもねえんだ。もう、このくれェでいいだろう。大家や店番にあんまし迷惑はかけられねえからよ」

亀蔵に言われ、時蔵は芳樹の顔をしげしげと瞠めると、ワッと声を上げ、再び、ぐいと抱き締めた。

「そういうことなので、今暫く、芳坊のことをお願いしますね」

彦蕎麦に戻り、おきわを裏庭に呼び出すと、おりきは頭を下げた。

「解りました。いえね、うちはちっとも構わないんですよ。面倒を見るったって、何ほどのこともしちゃいませんもの……。せいぜい朝餉や夕餉を食べさせるだけで、中《ちゆう》食《じき》は旅籠から運ばれて来た昼餉膳を、子供部屋で皆で囲みますからね。それに、おっかさんには六ツ（午後六時）には上がってもらい、子供たちを風呂に入れたり、寝かしつけるところまでやってもらっていたんですよ。これまでおいねのためにしていたことが、二人分に増えたってだけのことで、特別のことをしているわけじゃありませんからね」

おきわはあっけらかんとした口調で答えた。

「おまえがそう言ってくれると、わたくしも助かります。けれども、わたくしね、少しばかり安堵していますのよ。芳坊が置き去りにされたとき、正直に言って、父親に見放されたのかと思いましたが、時蔵さんには端《はな》から捨てる気持がなかった……。ただちょっと魔が差して手慰みに手を出してしまい、成り行きで、帰りたくても帰れなくなってしまったのですからね」

おりきがそう言うと、おきわは曖昧《あいまい》な嗤《わら》いを返した。

「だから、女将さんは人が善《よ》いってんですよ！　時蔵って男、案外、あのままずらかろうと思っていたのかもしれないんですよ」

えっと、おりきが驚いたようにおきわを見る。

「といったって、あたしにも確信があるわけではありませんよ。ただ言えるのは、時蔵の心の中に迷いがあったのじゃないかということです。だって、あの男、女房に死なれて以来、男手ひとつで芳坊を育ててきたんでしょう？　乳飲み子を抱えて、どんなに苦労したことか……。世の中には、そうそう、あたしみたいな物好きな女ごがいるものではありませんからね。恐らく、時蔵は鬱屈《うっくつ》した想いを抱えていたに違いありません。それで、女ごに逃げてもよいところを、手慰みに逃げちまった……。けど、それが原因《もと》でお店から暇を出され、国許に帰ると口では言っていましたが、本音《ほんね》を言えば、いっそこの子さえいなければと思っていたのかもしれない……。そりゃね、芳坊のことが可愛くなかったとは言いませんよ。可愛いからこそ、これまで手放すことなく、どこに行くにも連れ歩いてたのでしょうよ。けど、所詮《しょせん》、男だもの。正《まさ》な話、心《しん》も懲《こ》りも尽き果てたんじゃないかしら？　それで、大晦日のどさくさに紛《まぎ》れて、うちに芳坊を置き去りにした……。時蔵はぎりぎりまで迷っていたんですよ。迷いに迷って、迷いを振り切ろうと、逃げ出してしまった。ねっ、そう思いませんか？」

「では、おまえは時蔵さんがお裁きを受けた後、芳坊を引き取りに来ると言ったのは、嘘だとでも？」

おりきが言葉尻を強めると、おきわは気を兼ねたように、上目におりきを見た。

「いえ、そういうわけじゃ……。此度のことで、あの男も恐らく反省しただろうし、女将さんや親分の誠意に応《こた》えるためにも、罰《ばつ》を受けた後、引き取りにやって来るでしょう。そうあってほしいと思います。それで、親分はなんと？　時蔵にはどんなお裁きが下されるのでしょうか」

「…………」

おりきは口籠《くちご》もった。

亀蔵の話では、貸元は一人残らず大番屋送りとなり、客の中でも常連と思える者には、情状《じょうじょう》酌量《しゃくりょう》の余地がないそうである。

時蔵の場合、どうやら、釣責にあっていたことが禍《わざわい》したようである。

真面《まとも》な者なら、まず以《もっ》て、そんな状況に追い込まれるようなことはないからである。

敲刑か、過怠牢舎《かたいろうしゃ》……。

余程、悪質とみなされれば、人足寄場送りとなるかもしれない。

亀蔵はそう言っていたが、寄場送りとなれば、三年は帰って来られないだろう。

が、まさか、そこまでの罰は科せられないのではあるまいか……。

亀蔵もおりきも、そう願っていた。

おりきの表情に、おきわが太息を吐いた。

「いずれにしても、あたしは構いませんよ。おいねも弟が出来たとでも思うのか、大喜びですし、まだ三日ほどだというのに、おっかさんなんかすっかり情が移っちまって、これまで女ごの子しか育てたことがなかったけど、やっぱ、男の子っていいもんだなんて、でれりと目尻を下げちまってさ。あんまし入れ込むと、手放さなきゃならなくなったときが辛くなるから、いい加減にしなって言ってやっても、聞きやしない……。あたしだって同じですよ。いっそこのまま、芳坊がうちの子になってくれたらなんて思っちゃってさ。だから、永くなる分には一向に構わないのです。三年でも五年でも、預かりますよ」

おりきも本当にそうなのだと思った。

芳樹がこのままここにいてくれれば、三吉のいなくなった立場茶屋おりきがどんなに活気づくことであろうか……。

何より、善助《ぜんすけ》が悦ぶであろう。

此の中、杖《つえ》に身体を預けて一人で動けるようになったとはいうものの、これまで人一倍我勢者《がせいもの》だっただけに、他人《ひと》の役に立てないことが口惜しそうである。

その善助が、芳樹を瞠める目……。

耳の不自由な三吉を一人前の下足番に育てようとしたときの目とは違うが、祖父が孫を瞠めるような、優《やさ》しい光に溢《あふ》れていた。

とはいえ、芳樹は飽《あ》くまでも預かり者であり、おきわが言うように、あまり入れ込みすぎると、手放さなければならなくなったときの喪失感《そうしつかん》は一入《ひとしお》であろう。

「今から先のことを考えていても仕方がありません。けれども、どんな状況になろうとも、わたくしたちは芳坊にとって何が最善なのかを考えてあげましょうね」

おりきがそう言うと、彦蕎麦の水口から追廻《おいまわし》の枡吉《ますきち》が顔を出した。

「女将さん、客が立て込んできやした。帳場をお願《ねげ》ェしやす！」

どうやら、昼餉客で見世が混み合ってきたようである。

「では、頼みましたよ」

おりきはそう言うと、旅籠へと引き返した。

帳場に入ると、達吉が待ち構えたように問いかけてきた。

「どうでやした？　按配《あんべえ》よく運びやしたか」

「ええ。親分が何もかも手配して下さり、時蔵さんも芳坊も、納得のいく別れが出来たと思いますよ」

おりきは時蔵が芳樹を抱き締め、男泣きに泣いたと語って聞かせた。

「やっぱり、父親《ておや》なんですね……。いけねえや……。あっしはこういうのにどうも弱くって……。へっ、泣かせるじゃねえか。芳坊が潮垂れたおとっつァんのことを気遣って、ちちんぷいぷい、と呪いをしてやったなんて……。あんなに小さな餓鬼が、父親を気遣ってよ。あっしが時蔵なら、穴があったら入りて《へえ》ェ……。負《お》うた子に教えられるとは、このことだ。他人や異性との絆は切れても、親子の絆は切ろうにも切れねえ……。縁あって、この世に親子として生まれてきたからには、何があろうとも、子を捨てるような真似はしちゃならねえんだ！　けど、芳坊の奴、なんて素直な、いい餓鬼なんでェ……」

達吉が洟《はな》を啜《すす》り上げる。

「あの子がそれだけ素直に育ったのは、これまで、時蔵さんが筒一杯愛情を注いできたからだと思いますよ。つい今し方、おきわにも言ってきたのですが、今後、どんなふうに状況が変わろうとも、わたくしたちは芳坊にとって何が最善かを、まず一番に考えましょうね……と。それで、現在《いま》、平四郎さまはどうしていらっしゃいますか」

達吉があっと顔を上げる。

「そのことなんでやすが、やはり、気にかかるのでしょうかね。美波さまが出掛けられてからというもの、部屋の中をうろうろ、うろうろ……。それも、何やら、口の中でぶつくさ独り言を言っていなさるもんだから、昼餉膳を運んで行ったおみのが気色悪がっていやしてね」

「それで、昼餉は召し上がったのですか」

達吉は蕗味噌《ふきみそ》を嘗《な》めたような顔をして、首を振った。

「精がついて、身体が温まるようにと、今日は韮雑炊《にらぞうすい》や玉子《たまご》貝焼《がいやき》などをお持ちしやしたが、箸《はし》をつけようともなさらず、外はまだ寒いのでお止め下さいと留《と》めたのに、散歩をしてくると出掛けられやした」

「散歩ですって！　一体、どこに……」

さあ……、と達吉が胡乱《うろん》な顔をする。

「平四郎さまは病《や》み上がりなのですよ！　しかも、闇雲《やみくも》に散歩といっても、あの方はここら辺りの道に詳しくはありません。万が一、帰られなくなったらどうするのですか！」

おりきが甲張った声を張り上げる。

「帰られなくなるって、まさか、餓鬼でもあるめえし、迷子なんて……」

「息災《そくさい》な者にはそうかもしれません。けれども、平四郎さまはまだ体調が充分ではないのですよ。達吉、吾平《ごへい》や末吉《すえきち》に言って、街道筋や海岸を捜させて下さい。あの身体では、そんなに遠くまで行かれてはいないと思いますが、心配です」

達吉は尻に火がついたように、帳場を飛び出して行った。

おりきも居ても立ってもいられない想いに、平四郎を見つけたら着せかけてやろうと、綿入れの猿子《さるこ》を手に、表に出た。

そうして手分けをして捜すこと半刻……。

だが、平四郎の姿はどこにも見当たらなかった。

「まさか、美波さまの後を追って、浅草に行かれたのではないでしょうね」

海岸を捜していた達吉が肩を落として帰って来ると、ぽつりと呟いた。

「わたくしも今それを考えていたところです。けれども、あの身体では……。四ツ手を使われたとしても、平四郎さまはお金をお持ちではありません。管理は全て、美波さまがなさっていましたからね」

「では、一体《いってえ》どこに……」

「………」

おりきと達吉が同時に太息を吐いた、そのときであった。

行合橋付近を捜していた下足番見習の末吉が、息せき切って帳場に駆け込んで来た。

「いやしたぜ、壬生さまが！」

えっと、おりきと達吉が顔を見合わせる。

「見つかったのですか。それで、現在《いま》、どこに！」

「へえ、なんでも、行合橋の袂に蹲《うずくま》っていたとか……。付近の者が慌てて南本宿《みなみほんじゅく》の素《そ》庵《あん》さまの元に運び込み、現在《いま》は、治療院に寝かされているそうでやす。治療院の下男がここに知らせに来ようとしていたところに、たまたま、おいらが出会《でくわ》したってわけで……」

おりきと達吉はまたもや顔を見合わせた。

懸念《けねん》していたことが起きてしまったのである。

「とにかく、素庵さまのところに急ぎましょう！」

おりきはきっと唇を嚙み締めた。

　おりきが南本宿の内藤《ないとう》素庵の元に駆けつけると、平四郎は離れの書斎に寝かされていた。

　以前、胸を患《わずら》った飯盛女《めしもりおんな》の菊哉《きくや》のために、急遽《きゆうきよ》、入院患者の病室にと改められた部屋である。

　どうやら、菊哉がここで息を引き取ってから、新たな入院患者はいなかったとみえ、平四郎は一人で寝かされていた。

　おりきが病室に入って行くと、素庵が怒ったような顔をして睨《ね》めつけた。

「そなたがついていて、何ゆえ、このような失態を！　平四郎どのの身体はまだ本調子ではなく、熱が下がったように見えても、いつまた、ぶり返すやもしれないと、口を酸《す》っぱくして言っておいたはずだ。それなのに、この寒空の下《もと》、このような薄着で町中を彷徨わせるなど、言語道断《ごんごどうだん》！　見ろ、また高熱を発してしまったではないか」

「申し訳ありません。今朝はわたくしが他のことに手を取られてしまい、旅籠衆《はたごし》が目を離した隙に、こんなことになってしまいました。では、また熱が……」

おりきが気遣わしそうに平四郎の傍に寄って行く。

平四郎は薬が効《き》いてきたせいか、昏々《こんこん》と眠っていた。

「見ろ、案じていた最悪の結果となってしまったじゃないか！　肺炎を併発《へいはつ》してしまったぞ」

「…………」

おりきは言葉を失った。

「よって、今日から、うちで預かることにした。また暫く、貞乃の手を煩《わずら》わせることになるので、そちらでも腹積もりをしておくように……。それで、平四郎どの姉上はどうなされた？　何ゆえ、傍についていてやらぬ」

素庵が鋭い眼差《まなざ》しでおりきを見る。

「ええ、それが……」

おりきはさっと平四郎に視線を移した。

よく眠っているように見えても、安心は出来ない。

すると、素庵もおりきの心を察したとみえ、ここは代脈《だいみやく》（助手）に委せて、診察室に参ろうか、と目まじする。

「実は、美波さまは浅草下谷の白泉寺にいらっしゃいましたの」

　おりきは壬生姉弟が仇討の旅を続けていたことを話した。

「成程、やはり、そういうことだったのか……。わたしもあの姉弟が何かのっぴきならない事情を抱えていると見ていたが、父親の仇討とは……。で、その仇が白泉寺の寺男をしていると？」

「ええ。ですが、これは飽くまでも風の便りですし、これまで何度も、あの方たちは風聞《ふうぶん》に振り回されてきました。それに現在《いま》は、平四郎さまがあの調子です。それで、此度も空振りに終わってはとお思いになり、美波さまがお一人で内偵《ないてい》に出掛けられたのです。恐らく、平四郎さまにはそれが承服《しょうふく》しかねたのでしょう。それなのに、わたくしどもでは納得して下さったと油断してしまったのですもの、慚愧《ざんき》に堪《た》えません。たとえてみますと、平四郎さまは仇討のためだけに生命《いのち》を賭《か》けてこられたのです。たとえ、内偵のためとはいえ、美波さまを一人で行かせたことに堪えられなかったのでしょうね」

「だが、あの身体では、仮に仇を見つけたとしても、到底《とうてい》、討ち果たすのは無理……。場合によれば、恢復《かいふく》は望めないかもしれないのだぞ」

　素庵が眉根を寄せる。

「ええ。美波さまもこのまま仇討の旅を続けていてよいものかどうか、逡巡しておいでのようでした。これはわたくしの推測なのですが、美波さまは此度の白泉寺も空振りに終わってほしいとお望みなのではないかと……。これを契機《けいき》に、きっぱりと仇討の旅に終止符を打とうと思われているように思えてなりません。だから、旅籠の女将であるわたくしに、思いの丈《たけ》を話されたのではないかと思いますの」

素庵は腕を組み、うゥんと考え込んだ。

「人の心ほど計り知れないものはないが、女将もわたしも武家を捨てた身だ。確かに、武家の柵《しがらみ》に縛られているより、矜持などかなぐり捨て、また別の生き方を見つけるほうがよいともいえるからのっ。それで、美波どのはいつ戻って来ると？」

「今日は仇が白泉寺にいるかどうか確かめるだけですので、夕刻までには戻って見えると思います。お戻りになりましたら、こちらに伺《うかが》うようにと伝えますが、では、美波さまも今宵からこちらで平四郎さまに付き添《そ》うことになるのでしょうか」

おりきが訊ねると、素庵は、いや、と首を振った。

「夜分は貞乃が付き添うので、その必要はない。日中の見舞いは一向に構わぬが、うちでは病人食しか賄《まかな》えぬのでな。やはり、美波どのは旅籠に滞在しているほうがよいだろう」

「解りました。では、こちらにお戻りになるようにと、わたくしから貞乃さまに伝えることに致します」

おりきはもう一度病室に引き返すと、平四郎がよく眠っているのを確かめ、治療院を後にした。

刻《とき》は七ツ（午後四時）を過ぎた頃であろうか。

そろそろ、次々に泊まり客が到着する。

今宵の予約は四組とあって、板場は夕餉膳の仕度に大わらわであった。

おりきは板場を覗くと、巳之吉に今宵から平四郎が治療院に移った旨《むね》を告げた。

「解りやした。では、食事の仕度は一人前《いちにんめえ》で宜しいんで？　で、平四郎さまの具合は如何でやすか？　俺、そんなに悪いとは知らなかったもんだから……。もう少し、献立《こんだて》を気遣えばよかったのでしょうか」

巳之吉の顔がつと翳った。

「そんなことはありません。現に、年明けから随分と顔色も良くなり、食欲も出ていたではありませんか。巳之吉のせいではありませんよ。恢復されたと油断して、お一人で外に出してしまった、わたくしたちが悪いのです。さあ、そろそろ、泊まり客が見える頃です。宜しく頼みましたよ」

そこに、女中頭のおうめが泊まり客の一陣が到着したと知らせに来る。

おりきは帳場に戻ると身形《みなり》を調《ととの》え、玄関先へと出て行った。

大坂《おおざか》の塙屋《はなわや》と松坂屋《まつざかや》が洗足盥《せんぞくだらい》を使っていた。

「お待ち申し上げていました」

おりきが声をかけると、塙屋が満面《まんめん》に笑みを湛《たた》えて振り返る。

「おう、女将。世話になるよ」

「よくお越し下さいました。新年のご挨拶《あいさつ》は、部屋に入られ改めてということにして、さあ、どうぞ、お上がり下さいませ」

おりきが深々と頭を下げる。

「よっ、女将、今年もあんじょう頼んまっさ！」

松坂屋が太り肉《じし》の身体を、よっこらしょいと持ち上げる。

「こちらこそ、宜しくお頼み申し上げます」

こうして次々に泊まり客がやって来て、今宵も、立場茶屋おりきの旅籠は暮れていく。

が、とっぷりと夜の帳《とばり》が下りてしまったというのに、美波はまだ戻って来ない。

次第に、おりきの胸も重苦しいもので覆われていった。

その夜、美波が戻って来たのは、四ツ（午後十時）過ぎであった。

四ツ手に乗って帰ってきたというが、それにしては、随分と疲弊《ひへい》した顔をしている。

「心配をしましたのよ。でも、良かった、戻って来て下さって……。実は、平四郎さまがお倒れになり、急遽、素庵さまの治療院に入院されましたのよ」

おりきがそう言うと、えっと美波は色を失った。

「けれども、大丈夫ですよ。貞乃さまが一晩中付き添って下さいますし、すぐ傍には、素庵さまや代脈の方もいらっしゃいますのでね」

「では、わたくしも急いでそちらにお伺いしなければ……」

美波が慌てて腰を上げかけたが、おりきはそれを制した。

「もっと早くお戻りになれば、今宵のうちにお連れしようと思っていましたのよ。けれども、こんな時刻ですので、今からでは却《かえ》ってあちらさまに迷惑がかかってしまいます。明朝一番に伺うことにいたしましょう」

おりきは平四郎の病状を説明した。

「ですから、これまで通り、美波さまには旅籠に滞在してもらい、ここから治療院に通ってもらうことになりますが、それで宜しいかしら？　あっ、それから、これまでは松風の間を使っていただいていましたが、生憎《あいにく》、明日は全室が予約で埋まっていますの。どなたさまも二月《ふたつき》も前から予約を下さっていますので、お断りをするわけにはいきません。それで、明日からは茶室を使っていただくことになるのですが、茶室ですので些《いささ》か狭《せも》うございます。客室に空《あ》きが出るようでしたら、またこちらに戻っていただくことになりますが、それで勘弁して下さいませね」

「申し訳ありません。こちらさまにはすっかり迷惑をかけてしまい、心苦しゅうございます。なんなら、街道筋の木賃宿《きちんやど》に移っても宜しいのよ。わたくし一人ですもの、それで充分にございます」

美波が遠慮がちにおりきを窺う。

が、おりきはすぐに否定した。

「現在《いま》は、細金《こまがね》であれ、極力《きよくりよく》支出をお控《ひか》えになったほうが宜しいのではありませんか」

そう言うと、どうやら美波にもその意味が解ったとみえ、つと目を伏せた。

「こちらでの掛かり費用は、井筒屋さまが払って下さるのですものね。けれども、仇討を諦《あきら》めようと思っていますのに、いつまでも厚意《こうい》に甘えていてよいものかどうか……」

おりきが驚いたように、美波を瞠める。

「諦めるとは……。では、やはり、白泉寺にお捜しの方がいらっしゃらなかったのですね」

「いえ、奥泉さまにはお逢いしました」

「………」

おりきが訝《いぶか》しそうな顔をする。

美波は虚《うつ》ろな目を上げた。

「奥泉さまは白泉寺で寺男をなさっていました。けれども、まだ四十路半《よそじなか》ばというのに、七十路《ななそじ》近くの老人かと見紛《みまが》うほどに窶《やつ》れておいでになり、祠《ほこら》ともいえない小さな納屋で、病に臥《ふ》せていらっしゃいました」

美波はそう言うと、奥泉左京に対面したときのことを話した。

奥泉は美波の姿を認めると、ゆっくりとした所作で身体を起こし、観念したかのように項垂れた。

聞くと、いつかこの日が来ると覚悟していたのだという。

それだけ、永きに亘《わた》り逃げ続ける、奥泉も辛かったということなのだろう。

「何もかも、それがしの妬心《としん》から出たことであった……」

奥泉はそう言ったという。

美波の父勘兵衛と奥泉は同《おな》い年で、出仕《しゅっし》したのも御手廻組に配属されたのも、ほぼ同時期であった。

ところが、三十路《みそじ》を過ぎた頃から些か差がつくようになり、二人とも記録所役に執《と》り立てられたのはよいが、勘兵衛は用人、つまり、小姓役《こしょうやく》と肩を並べる要職であるのに比べ、奥泉はその配下となる表番頭……。

それまで勘兵衛を常に意識し、切磋《せっさ》琢磨《たくま》してきただけに、奥泉は業腹《ごうはら》であったと思える。

が、組頭《くみがしら》や家老に覚え目出度《めでた》い勘兵衛が相手では、どう足掻《あが》いても、奥泉には勝算がない。

地団駄《じだんだ》を踏むような想いに、奥泉は悶々《もんもん》とした。

が、ちょうどその頃、老中首座阿部伊勢守失脚を企てた陰謀《いんぼう》が発覚し、藩主青山忠良が幕閣を追われることとなったのである。

このことを、奥泉は勘兵衛追い落としの、千載一遇《せんざいいちぐう》の機宜《きぎ》と思った。

忠良が水戸《みと》烈公《れっこう》（徳川斉昭）に反目する水戸藩士を焚きつけたことが幕閣を追われ

る原因になったとすれば、恐らく、何者かが幕府側に情報を漏らしたからに違いない。

奥泉は用人の勘兵衛が屢々《しばしば》出府していたことや、水戸藩士と親交が深かったことを利用しようとした。

幕府方に情報を漏らしたのは、壬生勘兵衛……。

そんな噂がまことしやかに城下に流れた。

奥泉にとって、それが真実かどうかなど問題ではなかった。

噂だけでよいのである。

やがて、噂が噂を呼び、一人歩きをするようになれば、しめたもの……。

勘兵衛は二進《にっち》も三進《さっち》もいかなくなり、用人を追われるやもしれない。

そう願っていたのであるが、まさか、勘兵衛が供もつけずに、独りで直談判《じかだんぱん》に来るとは……。

役宅の門前に勘兵衛の姿を認め、奥泉の胸がぶるると恐怖に戦《おのの》いた。

「狼藉者《ろうぜきもの》だ、斬り捨てよ！」

奥泉は供の者に向かって、咄嗟《とっさ》に、そう鳴り立てていた。

「あのとき、壬生どのが供を連れていたならば、こんな展開にはならなかった……。お許し下され」

奥泉は煎餅蒲団《せんべいぶとん》に頭を擦《す》りつけるようにして、謝ったそうである。

「わたくし、奥泉さまの姿を見て憐れになり、涙が止まりませんでした。今更、この男《ひと》を恨んでどうしようか……。あの方はもうとっくの昔に死人《しびと》なのです。父の事件の後、再び、奥泉さまは同僚を殺傷《さっしょう》してしまわれました。それで藩から追われることになったのですが、どこに逃げても、一日として生きた心地《ここち》がしなかったそうです。白泉寺の寺男になられたのは一年ほど前とのことですが、その頃には、心ばかりか身体も病んでおられたようですが、幸い、白泉寺のご住持《じゅうじ》が慈悲深いお方で、寺に置いて下さるので、ここで討っ手が来るのを待ち、潔《いさぎよ》く討たれて果てていこう……、奥泉さまはそう思っていたのだそうです。その言葉を聞き、これで、わたくしたちの仇討の旅は終わったのだと思いました。あの方の心は疾《と》うの昔に死んでいる……。今更、死人を討って、それが一体何になるのでしょう。そう思うと、まだ心の底に残っていたちらとした迷いも、それで綺麗《きれい》さっぱり掻き消えてしまいました」

美波はふっと微笑《ほほえ》んだ。

微塵芥子《みじんけし》ほども翳りのない、爽やかな目をしていた。

「では、平四郎さまにはなんと？」

「平四郎には、確かに半年前まで奥泉さまは白泉寺におられたが、病を得て亡くなられてしまった、と伝えるつもりです。死人の仇討は出来ませんものね。これで、平四郎も諦めがつくと思います。ふふっ、これが生涯で一度のわたくしの嘘です。けれども、早晩《そうばん》、奥泉さまはこの世を去られるでしょう。ほんの少し、時期がずれたというだけですもの、わたくしの嘘も許されるのではないでしょうか」

「嘘も方便《ほうべん》……。美波さま、よいご決断をなさいましたね。わたくしも嬉しゅうございます。手負《てお》いの獅子《しし》を討ったところで、お父上は悦ばれないでしょう。それに、これまでの責め苦を想えば、もう充分に、奥泉さまは罰をお受けになっていますよ」

「おりきさまもそう思って下さいますのね！　ああ、良かった……」

「そうですよ。井筒屋や澤田屋にも、平四郎さまに言うのと同じことをお伝えになれば宜しいわ。きっと、皆も納得してくれると思います。これからは、平四郎さまの恢復だけを願うことですね。身体さえ元通りになれば、今後の生き方も見えてくると思います」

　が、そのとき、美波の頬に浮かびかけた笑みが、さっと消えた。

「井筒屋には早速明日にでも文を認《したた》めます。けれども、そうすれば、これから先、平四郎の薬料《やくりょう》や掛かり費用をどうすればよいのでしょう……。おりきさま、わたくしをここで雇《やと》っていただけないでしょうか。部屋も、茶室を使わせていただくのは勿体《もったい》のうございます。皆さまと一緒に、使用人部屋で構いませんのよ」

美波の真剣な面差《おもざ》しに、おりきは頰を弛めた。

「何をおっしゃるのかと思ったら、そんなことを……。茶室を使って下さって構いませんのよ。それに、薬料のことは心配には及びません。素庵さまは欲得尽《よくとくづ》くのお方ではありませんので、いくらでも相談に乗って下さいます。それにね、わたくしどものことは気になさらないで下さいませ。そうですね、これからは茶室で寝泊まりをしていただき、食事はわたくしたちと同じものをということに致しましょう。そのほうが、美波さまも気を遣われずに済むと思いますので……。そうだわ！　美波さま、子供はお好きかしら？　これまでは貞乃さまが子供部屋で手習などを教えて下さっていたのですが、貞乃さまには病人の介護という仕事があり、明日からこちらに来られなくなります。貞乃さまの代わりに、美波さまに子供たちの面倒を見ていただけたら助かるのですが、どうでしょう」

「わたくしが貞乃さまの代わりを？　ええ、子供は好きですし、手習を教えるのも吝《やぶさ》かではありません。けれども、本当に、そんなことで構わないのでしょうか」

「勿論ですわ。これも仕事の一つですもの。そうと決まったら、お腹が空《す》きませんこと？　美波さま、夕餉がまだなのではないかしら……」

「そう言えば、奥泉さまに逢ってからというもの、胸が一杯になり、空腹であることも忘れていました」

　ふふっ、おりきが笑う。

「ちゃんと夕餉の仕度がしてありますのよ。冷《さ》めても美味しく頂けるようにと、巳之吉が弁当にしてくれました。お汁《つゆ》は長火鉢で温めればよいのですもの、今、お持ちしますわね」

　おりきが板場へと立って行き、二段重ねのお重を手に戻って来る。

　蓋を開けると、出汁巻卵《だしまきたまご》や車海老《くるまえび》の吉野煮《よしのに》、鰆《さわら》の木の芽焼、煮染《にしめ》、黒豆《くろまめ》、昆布巻《こぶまき》と、目にも鮮《あざ》やかな品々……。

　二段目のお重には、柿《かき》の葉寿司《ずし》と穴子《あなご》の押し寿司が詰まっている。

　一人ではとても食べきれない量である。

「まあ、巳之吉ったら、わたくしにお相伴をしろということなのかしら？　では、頂いちゃいましょうか。二人で食べる方が美味しいですものね！」

　おりきが戯《おど》けたように肩を竦めると、美波もつられて、くすりと笑った。

「七草なずな、唐土《もろこし》の鳥が日本の土地に渡らぬ先に……」

子供たちが甲高《かんだか》い声で囃《はや》し立てると、とめ婆《ばあ》さんが俎《まないた》の上に載《の》せた芹《せり》や薺《なずな》を擂《す》り粉《こ》木《ぎ》でトントンと叩く。

「せり、なずな、ごぎょう、はこべら、ほとけのざ、すずな、すずしろ……。ほら、おいね、全部言えたよ！」

おいねが得意満面におきちを見る。

「せり、なずな……。えェと……、えェと……。すずな、すずしろ……。もう！　みずきは言えなくてもいいもん！」

みずきがぷっと頬を膨《ふく》らませる。

「これ、おまえたち、囃すのはもう終《しま》いかい？　こうして囃しながら七草を叩く。これで粥《かゆ》を作って食べたら、万病《まんびょう》を払うんだ。壬生さまに食べさせようと、せっかく、おまえたちが摘《つ》んで来たんじゃないか。ふて腐《くさ》れていないで、しっかり囃しな！」

とめ婆さんがしゃがれ声で鳴り立てる。

「七草なずな、唐土の鳥が日本の土地に渡らぬ先に。七草なずな……」

再び、子供たちが声を揃えて囃し立てる。

子供たちの七色声と擂り粉木の軽《かろ》やかな音が、小春日和《こはるびより》のうららかな裏庭に響《ひび》いていく。

おりきは中庭に通じる枝折《しお》り戸の傍に立ち、そんな光景に目を細めた。

おりきの隣には、芸者の幾千代《いくちよ》の姿……。

今年初めて、幾千代が訪ねて来たのだった。

「とめ婆さん、すっかり元気になったじゃないか。菊哉のことを聞いて、あちしも気になっていたんだがね。何しろ、年を越さないうちにってんで、慌てて、幾富士《いくふじ》のお披露目《ひろめ》をしただろう？　一気に箍《たが》が弛んじまったのか、柄《がら》にもなく風邪を拗らせちまってさ。鬼の霍乱《かくらん》とでもいうんだろうが、参っちまったよ」

「それで、久しくお見えにならなかったのですね。寝込まれていたとは、ちっとも知りませんでしたわ。言って下されば、何かお役に立てることがあったかもしれませんのに……。見舞いにも行かず、申し訳ありませんでした」

「風邪だもの、見舞いなんて要《い》らないんだよ」

「幾富士さん、お目出度うございます。さぞや、見目《みめ》よい、立派な芸者になられたことでしょうね」

「ああ、まだ一本になるのは早いかと思ったが、あの娘《こ》も歳《とし》だからね。いいさ、金は天下の回り物、また、せっせと稼《かせ》げばいいんだからってんで、パァと遣っちまったら、すっきりしたよ。けどさ、俄然《がぜん》、幾富士が張り切っちまってさ……。あちしが寝込んじまっても、お座敷のことは自分に委せとけってな具合に、つるりとした顔をしちゃってさ……。それはそうと、おまえさんのところも年末年始にかけて、いろいろあったんだってね？　親分から聞いたよ。それが、あの女《ひと》かえ？」

幾千代が子供たちの傍に立つ、美波に視線を移す。

「ええ。弟御《おとうとご》の体調が戻るまで、子供たちの世話をしてもらうことになりましたのよ」

「そうなんだってね。それも親分から聞いたよ。けど、武家に生まれると、大変なことが多いんだね。つくづく、あちしは庶民に生まれて良かったよ。こうして好きな芸で身を立て、道楽者を相手に大尽貸《だいじんかし》をして金儲《かねもう》けも出来るってもんだからさ。で、あの男の子が芳坊って子かえ？　そう言えば、明日は七草だ。そろそろ、父親《てておや》にお裁きが下されるんじゃないかえ？」

幾千代が改まったように、おりきを見る。

「親分の話では、明日辺りということですが……」

「軽くて済むといいね」

「ええ、本当に、そう願っています」

おりきがそう言ったとき、再び、子供たちの愛らしい声が流れてきた。

「七草なずな、唐土の鳥が……」

朝方、子供たちが吾平に連れられ、妙国寺《みょうこくじ》の裏山に登って採《と》ってきた七草である。

病の平四郎に七草粥を食べさせようと、おきちが言い出したことであったが、無論、おきちの心の中には、大好きな美波を悦ばせたいという想いや、善助への想いも詰まっていた。

尤《もっと》も、七草のうち、芹の他は子供たちの手で集めることが出来ず、結句、青菜の担《にな》い売りから求めたのであるが、そんなことはどうでもよい。

おりきには、子供たちのその優しい気持が嬉しくて堪らないのだった。

若菜《わかな》摘《つ》み……。

子供たちこそ、若菜そのもの……。

その小さな手で摘まれた七草粥を口にする平四郎の姿を頭に描き、おりきはふっと目許を弛めた。

新春の風に誘《さそ》われ、何故かしら、何もかもが甘《うま》く運ぶように思えてならなかったのである。

本書は時代小説文庫（ハルキ文庫）の書き下ろし作品です。

時代小説文庫
い6-14

若《わか》菜《な》摘《つ》み 立場《たてば》茶屋《ぢゃや》おりき

著者 今井《いまい》絵美子《えみこ》

2011年5月18日第一刷発行
2011年8月18日第五刷発行

発行者 角川春樹

発行所 株式会社 角川春樹事務所
〒102-0074 東京都千代田区九段南2-1-30 イタリア文化会館

電話 03(3263)5247[編集] 03(3263)5881[営業]

印刷・製本 中央精版印刷株式会社

フォーマット・デザイン&シンボルマーク 芦澤泰偉

ISBN978-4-7584-3550-5 C0193
http://www.kadokawaharuki.co.jp/[営業]
fanmail@kadokawaharuki.co.jp[編集] ご意見・ご感想をお寄せください。

時代小説文庫

今井絵美子
鷺の墓

書き下ろし

藩主の腹違いの弟・松之助警護の任についた保坂市之進は、周囲の見せる困惑と好奇の色に苛立っていた。保坂家にまつわる因縁めいた何かを感じた市之進だったが……（「鷺の墓」）。瀬戸内の一藩を舞台に繰り広げられる人間模様を描き上げる連作時代小説。「一編ずつ丹精を凝らした花のような作品は、香り高いリリシズムに溢れ、登場人物の日常の言動が、哲学的なリアリティとなって心の重要な要素のように読者の胸に嵌め込まれてくる」と森村誠一氏絶賛の書き下ろし時代小説、ここに誕生！

今井絵美子
雀のお宿

書き下ろし

山の侘び寺で穏やかな生活を送っている白雀尼にはかつて、真島隼人という慕い人がいた。が、隼人の二年余りの江戸遊学が二人の運命を狂わせる……。心に秘やかな思いを抱えて生きる女性の意地と優しさ、人生の深淵を描く表題作ほか、武家社会に生きる人間のやるせなさ、愛しさが静かに強く胸を打つ全五篇。前作『鷺の墓』で「時代小説の超新星の登場」であると森村誠一氏に絶賛された著者による傑作時代小説シリーズ、第二弾。

（解説・結城信孝）